成长也需要断舍离

甄选集

《意林》图书部 编

吉林摄影出版社
·长春·

意林励志甄选

图书在版编目（CIP）数据

成长也需要断舍离 /《意林》图书部编． — 长春：吉林摄影出版社，2023.10
（意林励志甄选）
ISBN 978-7-5498-5983-2

Ⅰ．①成… Ⅱ．①意… Ⅲ．①故事－作品集－中国－当代 Ⅳ．①I247.81

中国国家版本馆CIP数据核字(2023)第178801号

成长也需要断舍离 CHENGZHANG YE XUYAO DUANSHELI

出 版 人	车　强
主　　编	杜普洲
责任编辑	吴　晶
总 策 划	徐　晶
策划编辑	王征彬
封面设计	资　源
美术编辑	刘海燕
发行总监	王俊杰
开　　本	787mm×1092mm 1/16
字　　数	180千字
印　　张	8
版　　次	2023年10月第1版
印　　次	2023年10月第1次印刷
出　　版	吉林摄影出版社
发　　行	吉林摄影出版社
地　　址	长春市净月高新技术开发区福祉大路5788号
	邮　编：130118
电　　话	总编办：0431-81629821
	发行科：0431-81629829
网　　址	www.jlsycbs.net
经　　销	全国各地新华书店
印　　刷	天津科创新彩印刷有限公司
书　　号	ISBN 978-7-5498-5983-2　　　定价　25.00元

启　事

本书编选时参阅了部分报刊和著作，我们未能与部分作品的文字作者、漫画作者以及插画作者取得联系，在此深表歉意。请各位作者见到本书后及时与我们联系，以便按国家相关规定支付稿酬及赠送样书。
地址：北京市朝阳区南磨房路37号华腾北搪商务大厦1501室《意林》图书部（100022）
电话：010-51908630转8013

版权所有翻印必究

（如发现印装质量问题，请与承印厂联系退换）

CONTENTS

目 录

摆脱心灵的羁绊：在有光的路上，做更好的自己

002/ 如此惭愧　月如钩
003/ 夜路徐行　丁　墉
004/ 痛苦的时候，
　　　请把自己当外人　陈禹安
005/ 只要与手机共处一室，
　　　你就会变"傻"　Shirley
006/ 对每一次转折都有所觉察　寐　决
007/ 虫　洞　许俊文
008/ 大命运的小机关　黄丽群
009/ 火　候　冯　磊
010/ 父亲的脆弱　黄敬敬
011/ 以大自然为师
　　　　　[英]B.K.曼苏里　译/沈畔阳
012/ 那些年，
　　　我为自己建了座城　晏　予
014/ 嫉妒有"礼"　马兴华
016/ 小区门口有个解忧杂货店　子　聿
017/ 不传苦　郭华悦
018/ 纠结得太早，或是中了
　　　"视野时差"的圈套　梁　爽
019/ 别让阴影堵死你的路　黄小平

020/ 躲在屏幕后面的情绪　陈　赛
021/ 伤心人　潘向黎
022/ 不必"伪合群"　针未尖
023/ 摩尔的自然之手　杨小彦
024/ 恩仇之间见度量　赵宗彪
025/ 锯木屑　[美]卡耐基　译/刘　祜
026/ 零焦虑生活的
　　　"加分思维"　汪　冰
026/ 最后的繁茂
　　　　[智利]本哈明·拉巴图特　译/施　杰
027/ 君子走眼　茅家梁
027/ 绳　子　编译/南　方
028/ 化解父母唠叨的不二选择　苏秀锐
029/ 少说话　张　希
030/ "社恐"的人
　　　究竟在"恐"什么　唐　婧
031/ 带着书的男人　林　丁
032/ 手汗的烦恼　钟漫蕾
033/ 格布上的花　毕淑敏
034/ 你不必完美
　　　　[美]哈罗德·斯·库辛　译/钟雪丹

1

CONTENTS

目录

拆掉思维里的墙：自我突围，用更好的方法成长

036 / 表扬别人时，请说"你很努力"　白龙鱼服
037 / 孤　独　[匈牙利]马洛伊·山多尔　译/郭晓晶
038 / 你的病，听个故事就好了　孙若茜
039 / 两个韩愈　余　弓
040 / 比赛与人生八原理　王　蒙
041 / 我为什么要生气　黄　桐
042 / "科学失误"也有价值　沈　栖
043 / 皇冠与杂草　漆宇勤
044 / 梭罗的账单　陆其国
045 / 物性之愚　迂夫子
046 / 跑步时，该听点儿什么　修红宇
047 / 瀑布流下的我们　戴帽子的鱼
048 / 纪昌学射　五　月
049 / 飞机"抬头"的角度　安鲁明
050 / "做完"就好　刘荒田
051 / 自负的人　[法]拉布吕耶尔　译/程依荣
052 / 拥有离线的能力　闫肖峰
053 / 二十分钟　[英]斯图尔特·弗兰克　译/王　悦
054 / "白"没白说　熊代厚
055 / 沙尘暴　[西班牙]阿兰·珀西　译/叶淑吟
056 / 我把朋友圈关掉了235天　丁泽宇
057 / 聪明不值钱　田晓菲
058 / 不顺利会让你更顺利吗　李　翔
059 / 航天中的"归零法"　张拯宁
060 / 指南针是优于地图的存在　士　奇

CONTENTS

目 录

丢掉不必要的担负：弱化得失心，奋力向未来

- 062 / 修鞋的女人　吴小冰
- 063 / 寂寞天才牛顿　董洁林
- 064 / 瓦伦达心态与蝜蝂之累　齐世明
- 065 / 蒙上眼睛　刘琪瑞
- 066 / 消　失　祁文斌
- 066 / 安　放　林　深
- 067 / 欲望之鞭　北流客
- 067 / 超　拔　陈仲义
- 068 / 走一会儿神　程　泽
- 068 / 大智若愚　李雪涛
- 069 / 放不进去第二枝花　佚　名
- 069 / 何为"智慧"　梁晓声
- 070 / 你是"书桌堆砌者"吗　欧阳晨煜
- 072 / 甜意充盈的夜晚　周华诚
- 074 / 舍　得　汗　漫
- 076 / 人是如何变坏的
　　　　[俄]列夫·托尔斯泰　译/石国雄
- 077 / 给画让座　舒　州
- 078 / 名人避客　陈德芳
- 079 / 修补与放弃　初　程
- 080 / 我的"伪极简生活"　马　俊
- 081 / 晕船哲学　蹇庐氏
- 082 / 古瓶与碑帖　蹇庐氏
- 083 / 枯山水　王自亮
- 084 / 应该满足于小镇的安稳生活吗　林　庭
- 085 / 爱敲鼓的男孩　编译/陈　胜
- 086 / 人失与己得　三希堂
- 086 / 琥珀象　范　晔
- 087 / 懂得"割爱"　张　章
- 087 / 弃马种草　茹继田
- 088 / 不只是石头　杨无锐
- 089 / 捧　杀　李国文
- 090 / 请在树下坐一坐
　　　　[美]盖瑞·弗格森　译/高环宇

CONTENTS

目录

凡事不必想太多：静下来，一切都值得期待

092/ 气量是能量，更是力量　蔡建军
093/ 钓一船月光回家　马亚伟
094/ 麦当劳理论
　　　　［美］乔恩·贝尔　编译/胡　英
095/ 将时间还给自己　唐辛子
096/ 高手与顶尖高手的差距　李　翔
097/ 成长的寓言　张丽钧
098/ 在大雾里得意忘形　铁　凝
100/ 被锁起来的暑假　王雯雯
102/ 朋友之间　肖复兴
104/ 不被理解的埃弗雷特　苗　千
106/ 不肯绝望，也不敢奢望　董　桥
106/ 消除内耗　尚九华
107/ 满　了　湘　人
107/ 包容心与乐观心　明　月
108/ 一条大河的清明　王太生

109/ 不妨错过　黄征宇
110/ 像麻雀一样活着　项丽敏
111/ 良知是什么颜色　侯美玲
112/ 如何送走你，
　　　　我的焦虑 Misake 阿凌
114/ 不值得定律　小　风
115/ 秋天被一棵树占领了　陈应松
116/ 亲情的"陌生时段"　姚文冬
117/ 人生有很多姿势　曹　林
118/ 慢，是一种修炼　缪克构
119/ 柴可夫斯基拒绝了托尔斯泰
　　　　　　　　　　　　尚九华
120/ 送　别　刘依舍
121/ 唐诗中的
　　　　"最后一片叶子"　卞毓方

摆脱心灵的羁绊：
在有光的路上，做更好的自己

甄语录 人的一生，总有无数愧疚的事。如果觉得自己一直无愧，恐怕就有大问题。

如此惭愧

□ 月如钩

东汉第一名士郭泰问太学生仇览："你曾经有过什么过错吗？"仇览答："我曾经喂牛，牛不吃草，就抽了牛一鞭子，到现在心里还过意不去。"

明朝文学家冯梦龙在《古今谭概》中将其归为"迂腐部"。窃以为，不迂腐。

不迂腐如鲁迅，也有埋藏在心底的愧疚。他在《风筝》中讲了自己的故事：

我向来不爱放风筝，觉得这是没出息的孩子所做的玩艺。和我相反的是我的小兄弟，他大概10岁左右，多病，很瘦，最喜欢风筝，自己买不起，我又不许放，只得张着小嘴，呆看着空中出神。有一天，在一间堆积杂物的小屋，我发现小兄弟偷做了一个蝴蝶风筝，将要完工。我很愤怒，即刻折断了蝴蝶的一支翅骨，又将风轮掷在地下，踏扁了。

人到中年的鲁迅，忆及二十年前的这一幕，愧疚不已。有一回，早已有了胡子的两兄弟聊起儿时的旧事，鲁迅便叙述到这一节，检讨少年时的糊涂。"有过这样的事吗？"兄弟惊异地笑着说，就像旁听着别人的故事一样。过去的小兄弟、如今的老兄弟什么也不记得了，但鲁迅内心深深的自责丝毫没有减轻。

人的一生，总有无数愧疚的事。著名诗人张枣在《镜中》一诗中说："只要想起一生中后悔的事，梅花便落满了南山。"诗人的厉害就在于，一句话切中要害，三两下窥破人心。譬如郁达夫，"曾因酒醉鞭名马，生怕情多累美人。"这不是小男生为小女生写的情诗，而是诗人深为以前走马章台、诗酒风流的生活而自责，表示要以国家兴亡为己任的心声。

仇览不是古代一线名人，但是，他以善于教化而闻名于当时。教育家人，别具一格。妻子儿女有过失，他不去责怪，而是除去自己的帽子，沉痛自责。妻子儿女站在院中，只有等到仇览戴上帽子，才敢进屋。可以说，仇览是道德楷模，能达至无咎。

做人要常怀愧疚之心，仰要愧于天，俯要愧于地。行要愧于人，止要愧于心。如果觉得自己一直无愧，恐怕会出大问题。

甄语录 每个人都可能因为信心十足而无视前路的陷阱与危机。越是熟悉的路，越要小心。

夜路徐行

□丁 墉

下夜班走惯了的回家路，某天突然感觉"不对"。说不清到底哪里不对，只能抛开杂念继续前行，脚下依旧又快又急。行到一半时，异样感越发明显，左顾右盼，恍然大悟——哦！一侧的路灯都熄灭了。人行道上树荫掩映，密密匝匝将空间织成一片漆黑。

回头一望，身后几百米，幽深不见底。夜路何须暗处寻？不过是因为这条路过于熟悉。因为熟悉，所以不知不觉走进黑暗；因为熟悉，所以蒙住双眼也认为前进在对的方向；因为熟悉，所以置身险境亦心存侥幸，前路坎坷照样发足疾行。

熟悉带给人一切尽在掌握的错觉，带给人一切不会翻覆的误解，带给人一切一如既往、经验会指向正确的想象。事实上，熟悉的那条路有时比陌生的路更危险。

走路是这样，工作亦如此。初接触新工作，必定慎之又慎、再三确认；刚涉足的领域，也要虚心学习、小心尝试；从来没有通过的考验，更当尽心竭力、战战兢兢。唯独做熟了的工作才容易出错，用惯了的方法才看不见漏洞，烂熟于心的业务才会百密一疏，素来运行良好的流程模式只要出问题一定是大问题。

待人接物又何尝不是如此？现实生活中总能见到处世经验丰富的人，一言一行仿佛从模范人生手册上摘抄的一般优秀，让处处尴尬的"社交恐惧症"患者好生艳羡。然而长期观察下来，会发现即便有着成熟的交际手腕，他们更愿意对陌生人春风化雨、滴水不漏，在熟人环境中反而显得漫不经心，甚至左支右绌。夜路盲行，老朋友走着走着就散了。人生诸事，唯尽真诚心意才能不辜负。

每个人都有那条自己熟悉的夜路，都有可能在自己最娴熟、最有把握的事情上遭遇危机，因为信心十足而无视前路的陷阱与危机，一不小心就泥足深陷，无法自拔。

我们唯一能做的，不是放弃最熟悉的道路，也不是再不敢走进深沉的夜色，而是在夜路前行中记得放缓脚步，留出思考的时间。

越是熟悉，越要小心。

> **甄语录** 当我们能够把自己当别人来看待，很多痛苦的根源便会更好地显现。

痛苦的时候，请把自己当外人

□陈禹安

当遭遇重大的人生困境，你将如何化解内心巨大的痛苦？中国人特别推崇的一种方式是内省。曾子说："吾日三省吾身。"孟子说："行有不得，反求诸己。"

但美国心理学家伊桑·克罗斯提出了一个颠覆性的观点：过度内省非但无助于缓解痛苦，反而会加剧痛苦！

从心理学的角度来看，内省式的自我对话，是大脑中情绪平复及创伤整合的过程。一般程度的痛苦，经过几轮自我对话也就烟消云散了；而巨大的痛苦，会引发一轮又一轮的"喋喋不休"，最后让自我丧失应对困境的勇气与能量。

克罗斯在一次与痛苦做斗争的经历中偶然发现，直呼自己的名字，把自己当作别人去展开对话，有助于缓解痛苦。例如，"伊桑，你在做什么？这简直是疯了！"在脑海中说出自己的名字，像和别人说话一样称呼自己，让克罗斯在心理上立刻退了一步。突然间，他觉得自己能更客观地关注自身面临的困境了。

在这句发挥神奇作用的话中，"伊桑"是第三人称，"你"是第二人称，当他使用这两个人称取代"我"这个第一人称和自己沟通时，自己和自我之间的情感距离扩大了。这等于将自我抽离，从而更冷静、理性地面对问题。

在一项实验中，心理学家让一群孩子假装自己是在执行一项无聊任务的超级英雄，有一部分孩子在实验中会被要求从自己所扮演角色（如蝙蝠侠）的角度来谈感受，另一部分孩子则需要从"我"的角度来表达感受。结果，"蝙蝠侠们"比"我"能让孩子在实验中坚持更长时间。扮演超级英雄，就是把"我"变成了"蝙蝠侠"，那么，压力和痛苦就是"蝙蝠侠"而非"我"能承受的，"我"自然会好受得多。

我们所提倡的内省聚焦于自我动机、行为和责任。越是内省，越会突出自我作为承担一切的主体。如果你的"自我"尚没那么强大，心理能量不足以应对巨大痛苦，却要硬撑，往往会心理崩溃。这时，请不要急于内省，你可以试着放下"我执"，把自己当作别人来看待。等痛苦缓解、自我变得强大后，再来做一番内省，更好地提升自己。所以，痛苦的时候，请把自己当外人。

> **甄语录** 工具，应该成为引导我们向上的助手。忘记这一点，我们便可能引导自己走向错误的路。

只要与手机共处一室，你就会变"傻"

□Shirley

无数次，你姿态端庄、神情严肃地坐在书桌前，把耳机拔掉告别网易云，把微信、知乎、淘宝、微博通通关掉，跟自己说现在要开始学习了。半个小时之后，"在下认输"。

你改用软件锁屏，强制自己不玩还不行？可最近一项令人痛心的研究表明，使你变"蠢"的不是手机的信息，而是手机的存在。也就是说，不管你玩不玩，手机仅仅是跟你待在一个房间，就可以使你变"蠢"！

残酷的事实是这样被证明的：

得克萨斯大学的沃德博士招收五百多名大学生作为实验参与者，并要求他们完成两个需要高度集中注意的认知能力测验。在两个测验中，参与者的手机被分成三组放置：第一组放在桌子上（室内视线范围内），第二组放包里（室内视线范围外），第三组放室外；与此同时，第一个测验要求半数的参与者将手机调为静音，第二个测验则要求关机。

实验结果显示：两个测验中，把手机放到室外的学生得分更高。也就是说，只要手机跟你同处一室，就会影响你，不管你看不看得见，静不静音，关不关机。

手机在没有察觉的情况下，确实悄悄地对人产生了影响。即使你没有玩手机，甚至没有去想它，即使它被设为静音，或者关机，或者没电，只要它跟你在一起，它就会吸引你，会在无意识的脑海中一遍一遍大声喊着你的名字，就会降低你的工作记忆和解决问题的技能，也就是会拉低你的智商。这就是"脑力流失"效应。

沃德博士解释说："人们的认知资源是有限的，智能手机被设计出来时，它的理念就包含无论什么时候，它都能在认知资源中占据优先地位。"也就是说，只要手机在你身边，你脑海中就会先想着它。

沃德博士说："虽然你的意识不在手机上，但是要求自己不要为之分心的过程，实实在在占用了你的认知资源。"也就是说，保持不分心这件事本身让你分了心。

那你可能会问，我们到底还有救吗？这里给大家一些亲测可行的小建议：

设置好每天要完成的待办事项，在开玩手机前，扫一扫自己还有哪些任务没完成；

关注App（手机小程序）使用时长，尽量控制低质量的手机使用时间；

如果你真的有很多事情要做，你可以选择出去找地方自习，将手机留在家里或上交给爹妈。

相信聪明的你一定有办法自救的！

成长也需要断舍离 甄选集

> **甄语录** 一个人的悲伤不能太深，否则会湮没自己。快乐也不能太甚，否则容易乐极生悲。

对每一次转折都有所觉察

□ 寐 决

在一次失败的旅行之后，我重新回到家中，开始清扫自己的房间。这个过程让我的内心得到放松。不是所有人都能提供心灵上的帮助，要除心魔，唯有自己。

在回程的火车上，与三个不算熟的人聊天。我知道他们在尽力给我的心灵进行疏解，虽然结果不太乐观，但我仍然感激这份情意。一觉醒来，昨日的悲伤愤怒似乎已经忘却大半。我背上行李融入下车的人群，默默回到自己的住处。

一瞬间好像回到从前的场景，觉得似曾相识。每次痛苦都无二致，不过是与自己的内心无法达成和解，于是各种坏情绪冲垮精神的最后一道防线。整个人会如同发疯一般，情绪不受控制地流淌，暂时失去理智，且不为自己失控时所做的事承担责任，即使闹笑话也只能选择忽略。这是不太乐观的前景。每个人或许都有过。

回家之后，我花了很长时间来做各种极其琐碎的事情，包括床单、被套的清洗更换，给花朵换新水，收拾书桌和衣柜，擦干净落灰的吉他，收起一直未使用的画架，还有各种杂物的整合。在做这些事期间，洗完并晾晒了两桶衣物，以及连续背了四个月的包终于在今天抽空手洗。我感觉自己完成了许多事，可是没有成就感，只觉得十分劳累。

后来在环顾房间里的每一物时，突觉心累，不知何时居然增添了这么多东西。而在一个多月前搬进来时，我的负担远不如现在这般重。自己所增添的物品，其实于心灵都是负重。我想扔弃，却发现不能这样。画架能不要吗？吉他能不要吗？做手工的材料能不要吗？似乎都不能。可这些东西占据我房间里很大的位置。最后我只能暂时收起来，放在衣柜旁边，心想还是眼不见为净是好。

或许是从前领受过累积物品的痛苦，所以在某些方面倒是极为克制。我现在的衣物鞋子其实是很少的，并且一年四季都在穿，没有购买更多的欲望，这是我所满意的。而除了这件事，在其他方面似乎都挺失败的。但若和其他女孩的衣装百变相比，或许我的一成不变也是失败的。有时候笑自己不像个女孩子，不懂打扮不体贴不温柔，甚至没有知心的朋友，也没有所谓的闺蜜。

我活成孤独的样子，真是印证了最喜

的那个"独"字，如今生活与它已经越来越相似。我不知道是刻意还是自然就成了现在的局面，而我最初不过是想成为一个独立并且独特的人。人人生来都孤独。热闹不过是聚众取暖，一拨人散去一拨人再来。究其根底，是不牢靠的。而孤单不会，这是根深蒂固的。

我对许多事物的看法也逐渐发生变化。深信不疑是不可能的，成长的过程可能就是在不断推翻从前所深信不疑的一切。到现在我开始止步，学会怀疑与思考，并对从前已有的全部认知进行重新认识甚至推翻和再学习。所以生活上可能没有多大变化，而人的想法也许在暗地里已经发生巨大变动。

有时候不愿意看到背后的更深层面，但又欣赏看得极其透彻的人。这种人明知道将来会孤独，倒也不怕把假象拆穿，一个人活在真实里。这种决绝的勇气，至少现在的我还不曾拥有。我承认自己还是贪恋一些小热闹，不管聚众取暖的人是陌生还是熟悉，至少开怀笑过，就能带走一丝悲伤。

一个人的悲伤不能太深，否则会湮没自己。快乐也不能太甚，否则容易乐极生悲。只有清醒地活着才是好的。对所走的每一步都有意识，对每一个转折的时刻都能有所觉察。这样才不会麻木。

想到此，又觉得一切似乎没有那么可怕。就算一次失败的旅行，也不过是一时的沮丧。收拾好自己的心情，然后对送给自己关心的人道一声安好。这样就足够。即使漫漫长夜，也不足惧。

甄语录 在坚韧的事物面前，我们总有一刻羞于谈论什么命运和痛苦。

虫 洞

□许俊文

当它被寒蝉从枝头上叫落，我真的不敢相信那是一片树叶——分明是千疮百孔的筛子。

我把它托在掌心，像托着一具骸骨，它的肉质部分已被虫子啃噬净光，纵横交错的叶脉像是一张丝织的网，细密的网眼恐怕连风也难以穿过。

凭推想，这片树叶在遭遇虫子之后，企图进行无望的自救——拼命地生长。然而，它长多少虫子就吃多少，那种生命挣扎的痛苦，假如用一种仪器可以测试出来，并再将其放大，想必整个世界都会为之震撼。

见证了一片布满虫洞的树叶，我羞于再谈论什么命运与痛苦。

大命运的小机关

□ 黄丽群

甄语录 一个毫不出奇的时刻，都是我们与无数的不幸擦肩而过才得到的。面对生活，我们岂能不分外珍惜。

我们的生活可能都是看似平淡的，看似困顿无聊的，可是饱含不为人知的神秘的随机性，那种大命运之上有着各种各样让人目眩神迷的小机关。

命运是这样一个大的东西，它是这样一个贯穿横亘于人类古往今来的沉甸甸的存在。可是随机性恰好相反。随机性是极微小的，是琐碎无关宏旨的细节，你会特别容易忽略它。它的存在或不存在都不影响历史的进程，可是它会为命运在你身上剐擦留下的痕迹做一个决定性的定义。同时它没有逻辑，是真正不可测的神秘。

就像是蛋糕，你吃进嘴里，会知道那里面有盐，有糖，可能还有一些柠檬皮，可是你看不见。它极为微小、极为缥缈，可是它决定了滋味。我想用我自己的一个故事，可以更好地来解释这个概念。

我的父亲很早就过世了，是在我小学四五年级，大概十岁的时候过世的，交通意外。

我记得那一天我放学回到家，傍晚四五点吧，过了一段时间我父亲也回来了。

这听起来很普通，但在我家是很稀奇的事情。因为我父亲是一个非常爱玩的人，他很外向，朋友都喜欢他，他有各种各样的朋友。我印象中，一个礼拜大概只有周末我父亲会在家里面吃一到两顿饭，平常的晚上他下了班就跑出去，跟朋友玩到深夜才回来，那时候我早就睡了。

那天我看到他回来就很高兴。我说："你不出去了吗？"他说："我不出去了，我今天很累，不想出去。"然后我们就吃饭。吃到一半，电话来了。那个时候大家都没有手机，还是家用电话，他就去客厅接电话，我就竖着耳朵在那儿听。我心想不要有人来，不要是今天，今天你已经答应了我，你不能说话不算话。果然，有人又来找他，偏偏就是今天。

挂了电话，他说那个谁谁谁找他，一个应酬，一定要去。我母亲就收拾收拾，招呼他换一下衣服。

那个时候我家客厅跟餐厅中间有一个透空的隔屏，中间有一些横的玻璃层板，上面摆一些小摆饰。我父亲就透过那个隔屏往我这个地方看，他叫着我的小名，然后说爸爸要出门了，拜拜。

那个时候我就做了一件事,我抬起头看他一眼,然后把头低下。我一句话都没说,把头低下继续喝汤。我就记得我父亲的口气还是有一点儿不好意思的,甚至有点儿讨好的。他其实是一个对孩子很宽厚的父亲,他也没有怎么样,可能就笑笑,把钥匙一拿就出门了。那天晚上就出事了。

我后来想,在童年失去你生命中重要的至亲这件事情,它其实是个命运的套路,有非常多人都会有这样的经历。可是那一天的我,在脑子里产生了极为细微的一念。我可以用各种方式来表达我的不痛快,我可以抱怨,我可以说你很讨厌你赶快回来,我甚至哼一声也好。可是那个时候,我选择了一种方式,就是抬起头特别看他一眼,然后把头低下,刻意地不讲话。

这种无可名状的针尖大的行为,它却对我跟我的父亲下了最后的注解,就是我没有机会跟他说再见。不仅是没有机会,那个机会也不是一个不可抗力,不是谁强制剥夺的,是我自己把它掐掉的……

但是现在的我,究竟会怎么理解这件事呢?我觉得就像我和大家一起站在这儿或坐在这儿一样,看起来非常平淡,一点儿都不出奇,但即使是这样一个毫不出奇的时刻,都是我们与无数的不幸、无数的灾难擦肩而过才能够得到的片刻。

甄语录 人生难免浮沉,重要的不是冷水临头,而是经此之后的成长。

火 候

□ 冯 磊

母亲在世时,我还小。那时她得了心脏病,嘴唇都是紫的。大约是觉得自己命不长久,她有意识地教我一些生活的本领。比如,擀面条和煮面条。

外婆外公是蒸馒头的,母亲是他们最小的女儿,从小烧锅和面的活儿没少干。所以,母亲也很懂得一些做面食的本领。

母亲说,面条或水饺下锅煮,一开始要用猛火。大火烧开水后,要改用小火来煮。这些细节,其实很多人都懂得。还有一件事必须把握好:水煮沸后,面食在热水里翻滚,这个时候要用水瓢舀一瓢冷水浇在热水中心,反复三次方可起锅。

至于为什么这么做,她没有说。三十年来,我一直用她教的方法煮饺子,终于知道如何把握火候的技巧:在鼎沸的当口来一瓢冷水;在第二次沸腾时,再来一瓢冷水;在香气四溢即将出锅之前,再来一瓢冷水——这样的反复,能够成就食物的香气和味道。

人生,大约也是这样。

甄语录 两代人之间最大的幸福，便是彼此都能照顾好自己，守着身体的康健。

父亲的脆弱

□ 黄敬敬

父亲被机器砸伤了手指，未骨折，食指、中指破裂的伤口正不断地向外涌出血液。外科医生娴熟地缝合伤口，父亲咬紧嘴唇，竭力不让自己喊出声。

"忍一忍，十指连心，肯定疼的……"我们安抚道。

他的另一只手用力抓住桌腿，额前的汗滴答滴答地掉落。太疼了，疼痛的神经被拉扯着，想必那一刻，他的身体进了"地狱"。

我读大学一年级那年，父亲在工地做工，也被机器"咬"掉了小半个手指。接到通知后，我与母亲连忙赶至医院，他就站在医院长长的走廊里，紧紧握住受伤的那根手指。手指裹着厚厚的棉纱布，鲜血一点点地渗出。

我学了医学，那时入学才满一年，刚刚涉足浩瀚的医学之海，但在父亲眼里，仿佛我已经掌握了全部的医学理论。那一刻，我成了他的救命稻草。走进医生办公室，我泰然自若，凭借着刚入门的医学理论向医生发出"质问"。大约20分钟后，他将父亲叫进清创室，然后将手指的碎骨清除、碎肉拨平。

手指断裂后，父亲足足休养了3个月。那3个月，是他有生以来最长的假期。

这次，他举着包裹着厚厚纱布的手指，面露笑意地对我说："妮，看，我又可以歇歇了。"

"爸，你是不是故意的？"我打趣道，可内心深处早已波涛汹涌。

手指拆线那天，母亲发来一段视频，视频里医生迅速而沉稳地割断那根缝合的黑线，伴随的是父亲"啊，啊"低沉而痛苦的声音。

我以医护人员的口气嘱咐拆线后饮食等注意事项，父亲注视着我，深深地点了点头。于是，每天餐桌上便能听到他嘀咕："嗯，闺女说了，不能吃辣……"

电话里，父亲说头疼得厉害，四肢麻木抖动，我以责备的口气对他说："跟你反复交代了，身体不舒服，一定要去看，年纪渐大，生病不能扛……"电话那头，只有父亲更深的沉默和叹息。

之后做头颅扫描、抽血化验，然后父亲被兄长安排着吃饭、休假。年近60岁的他，再也不是那个强壮如牛的小伙子了，多年沉重的劳作终于还是让他向衰老低下了头。

我的眼前，倏忽穿过一对父女，女儿穿着白色连衣裙，四五岁的模样，正欢快地用一双小手紧紧抓住年轻父亲的外衣。父女俩，穿行在繁茂的梧桐密林里。年轻的父亲笑着，轻轻地抚摸着她的头。四五岁的孩子，能将自己的喜怒哀乐毫不保留地展示，她或许将父亲视为她人生中第一个朋友，小声说着不是秘密的秘密。而父亲，太疼爱她了，因为爱，便可以包容她所有的小任性。

28岁的我，站在路口，突然热泪盈眶，眼泪簌簌地滴落下来。

我曾经坐过父亲那辆老旧的自行车，那年我11岁，阑尾炎发作，是父亲每天骑着自行车，将我从家送至医院，输完液又载着我回家。我到现在都觉得，那短暂的7日，让我体会到了他深沉的父爱，也是从那时起，我才慢慢地学会读懂他。

柳絮纷飞的林荫小道上，一对父女一路沉默，女儿能明显感觉到父亲的小心翼翼，因为每遇一个坑洼处，父亲都要嘱咐她坐好扶稳，自己却下车推着走。那时候父亲还是个30余岁的壮年男人，担负着一家人的生活重任。

离开家乡时，我已经是20余岁的大姑娘，我在异乡的世界里旅行、居住，然后习惯于听异乡话，说普通话，努力想成为他的骄傲，可他说"照顾好自己就是最大的成就"。这是我第一次发现，两代人之间的最大幸福，便是彼此都能照顾好自己，守着身体的康健。

甄语录 研究自然就是以名师为师。

以大自然为师

□[英]B.K.曼苏里　译/沈畔阳

　　世上无数的树木都是松鼠无意间种下的，它们埋下种子后就会忘记，不经意间，其中一些破土而出，茁壮成长。由此我想到"只问耕耘，不问收获"的深刻含义，世界会因此变得更加美好。不必沉湎于过去和失去，这个世界永远不缺潺潺溪水、盛开的鲜花。而且大自然把破碎利用得非常完美：乌云破碎才有降雨，大山破碎才有平原，积水破碎才有瀑布，土壤破碎才有沃土，果实破碎才有食物，胎衣破了才有婴儿降生。所以从这些自然现象中，我认识了不破不立的道理。

成长也需要断舍离

甄语录 不必为诸如外貌、衣着、家境而感到自卑。对生活足够热爱，虽平凡，亦问心无愧。

那些年，我为自己建了座城

□ 晏 予

从幼儿园到大学，自卑感浸透了我的整个校园时光。

我是个地道的农民子弟。5岁时，我被送进乡镇学校，开始了为期半年的幼儿园生活。学了什么，我已记不大清，唯一还有点印象的，是迈进教室后的紧张感。我望着那些同龄的孩子，他们身上穿着漂亮的衣服，桌上摆着我没见过的文具盒。他们，跟我是不同的。我幼小稚嫩的心灵，第一次感受到差距。

四年级时，我的同桌是一个留着短发、眼睛大大的女孩，她跟我一样娇小、性格温婉，我们俩成了好朋友，每日形影不离。我从其他同学那儿听说，她家里是卖烟花爆竹的，有钱得很。我便开始留意她的衣着、用具，心中浅浅地漫着一股酸意。

家境拼不过，就只能拼成绩。我把心底的嫉妒和不忿都发泄在学习上，暗中跟她较劲儿，立志每次考试都要超过她。这期间我不仅跟她较劲儿，还跟许多中途出现的，如她一般家境比我宽裕的人较了无数次劲儿。而这一切，都结束于我初中毕业的那个夏天。

我终于从乡镇学校解脱，升入县里最好的高中。九月，夏末，背带裤加白T恤，鼻梁上架着一副黑框眼镜，我迈入了新的学校。办完入学登记后是为期半个月的军训，大家都穿着一样的军训服。我想，这下不用担心比别人穿得差了。

可当我坐在床上，听着女孩儿们大聊特聊穿军训服应该配什么鞋、穿哪种鞋子好看且不累脚时，我的胸腔内好似敲起了鼓，咚咚咚震个不停，激起了一阵惊慌，于是，我做了一个决定。

我叫住隔壁床的女孩儿，问出了一句此后数年间一旦想起就让自己感到啼笑皆非的话："你这种鞋，哪里有卖的？"是的，我迫不及待地想要拥有一双和她们一样的鞋，似乎这样，就能稳住我那颗慌乱的心。

我仍然把成绩当作唯一的救命稻草牢牢抓住。三年中，我拒绝同学的游玩邀约，拒绝这个年纪春心萌动的暗示，拒绝每日不断出现又不断湮没的八卦新闻。我做不了生来优越的人，就拼命想要做一个靠努力变得优秀的人。

可命运仿佛在嘲笑我的起早贪黑。高二时我偏科严重，理科总成绩只能抵上语数外的单科成绩。我怀揣着进入名校的梦想，最终却踏入一所普通得如我一般的大学。

又一个九月，拖着沉重的行李，怀着沉

重的心情,我来到大学校园生活的起点。宿舍门被推开,一个女孩儿与我撞了个满怀,我抬眼望去,看见一张清丽的脸,犹如六月清晨含露待放的玫瑰,这是我未来四年的舍友。

作为北方女孩儿,她性格爽快,在宿舍向来不拘小节:她的桌上总是乱的,她的腿经常挡在过道上,她经常在宿舍与男朋友煲电话粥……她在我眼中有挑不完的毛病,尤其是当她顶着那张漂亮的脸冲我嫣然一笑时,我恨不得掰着那双大眼睛好生检查一番,看看她是不是贴了假睫毛。可她好像毫无察觉,仍是每天等我一起上课、和我一起吃饭、周末约我一起出去玩,表现得没心没肺。

一天晚上,我肠胃炎发作,疼得坐卧难安,她被我弄出的动静吵醒了。得知我疼得睡不着,她觉得情况严重,硬要拉着我去医院。可宿舍楼门已经上锁,想要出去不太可能。而她呢,嘴角得意地一挑,拿出手机拨了个电话,十分钟后拉着我下楼,宿管阿姨正面色忧虑地等在门口,唠叨着"你们这群孩子就爱乱吃东西"云云。她挽着我的手臂,我凑近仔细瞧了瞧她的睫毛,发现原来她是个实打实的素颜美人。

此后,她的桌上依旧一片凌乱,但我发现她从来不会乱扔垃圾;她的腿还是挡在过道上,但我每次经过时她都会立马挪开,随后致以歉意的一笑;她还是会在宿舍煲电话粥,但只要看到我的灯熄了,便会立马转成发信息……原来,毛病多的不是她,而是我。

大二时我拿了国家奖学金,开始尝试投稿,还参加了英语口语大赛,让自己过得更充实。不断获得的奖励充实了我的钱包,量少但质高的荣誉鼓舞了我的信心,凭着这些,我眺望远方、静观人事,而后渐渐明白:我的自卑,少不了所谓原生家庭的影响,但更多的,是我画地为牢式的自困。我亲手建了一座围城,把自己的心囚在那窄窄的方寸间,既不让外面的人窥探分毫,也不愿主动放它自由。于是,它只能透过针眼儿大的小孔来看自我、看他人、看世界。

21岁的这个夏天,我即将毕业,成为一名翻译。我是一个自卑的人,直到这一刻,我依然有此想法。不过我不再为诸如外貌、衣着、家境而感到自卑,而是为自己思想学识的浅薄,为自己对生活不够珍惜与热爱而自卑、羞愧。

21岁,何其有幸,我走出了那座城,见到了如我一样千千万万个平凡的人。虽平凡,却问心无愧、不负生活。

甄语录 利他所收获的幸福感，甚至胜于巨大的财富、名声，而幸福公式的一个核心要素是良好的人际关系。

嫉妒有"礼"

□马兴华

一个朋友曾经跟我倾诉，他说最近很讨厌自己的上司，因为觉得上司的业务能力越来越低，而自己的能力越来越高，但上司还不给自己提职加薪，云云。

我说："你这就是典型的嫉妒"，这让他有点难堪。不过我补充了一句："嫉妒是种好情绪。"

礼物一：定位

想象一下这幅场景：你有两个还不错的朋友，大明和小明，大明获得了美国麻省理工学院的信息科学博士学位，你会由衷地喜悦；而小明谈下了一个500万元的单子，你却郁郁寡欢。

原因不用想都知道，你也是一个做单的销售。更重要的是，此时你绝对不会妒忌阿里巴巴的销售总监，也不会妒忌业绩突飞猛进的销售新人；一个国际乒乓种子选手只会妒忌奥运冠军，而不会为某个省体育比赛金牌耿耿于怀。我们永远会妒忌跟我们同一个领域，水平差不多的人。这也便是为何嫉妒总会出现在宿舍、校园、办公室中，因为这里边的人水平都差不多。

人都不知道自己几斤几两，有时候妄自尊大，有时候又妄自菲薄。如果想找一个好的自我定位工具，非嫉妒莫属。

礼物二：澄清价值

《论语》中讲道："君子周而不比，小人比而不周。"嫉妒的根源无非是比较心。

当我们嫉妒别人时，我们在比较的东西到底是什么？

凭啥他这两年突然发财了？都在一个办公室，为何他提升上去了？我们比较的东西无非金钱、地位和名声……

我知道每个人生命中想要的或多或少不同。有的人真正想要的是把事情搞明白，有的人真正想要的是方便人们的生活，有的人真正想要的是永远尝试新的东西，有的人真正想要的是把没意思的事做得有意思……现代社会，价值观开始多元化。但只要你嫉妒上身，酸酸的感觉一来，那个成功的一元价值观就把我们自己内心丰富的价值系统偷偷换掉了。

当你嫉妒的时候,不妨冷静地想想:我想要的到底是什么?

礼物三:平等竞争

当你自我反思了一段时间,还是告诉我说:"不好意思,我真正想要的就是名和利。我没招,还是得嫉妒,那怎么办?"

想当年,秦始皇巡游的时候,刘季说:"大丈夫当如是也。"已经有点醋意。更绝的是项羽:"彼可取而代之。"这简直就是恨到牙根的感觉。刘邦、项羽都是求功名、爱虚荣的英雄,更何况我们这些凡夫俗子。但是,司马迁生动刻画这些英雄时,背后在想的是更普世的价值观:平等。如果这几位英雄不把秦始皇当成跟他们平等的人,而是如神一般的高等级"生物",那即便饱受折磨,所带来的情绪不应该是愤懑,反而却应该是感激和敬畏。这在生活中也常见到,当你曾经的偶像慢慢变得平庸,反而激起你追求平等之感。美国实用主义法学创始人霍姆斯说:"我一点儿也不敬重仅仅追求平等的热情,在我看来,它似乎只是将嫉妒理想化而已。"嫉妒是我们追求平等的动力。

追求平等无非两种策略:一是向上追求:我有上进心、拼搏精神,通过自己的努力追上别人;二是向下追求:我想办法把别人搞下来。实话说,第二种策略更加容易。因为第一种策略除了依赖自身努力,还得更多拜托命运;而第二种策略是背后下刀子,在是非环境下往往迅速奏效。因此,当我们不够自信,又毫无利他时,就自然而然采取第二种策略。这才是妒忌的恶之根源。

采用第二种策略,即因忌妒害人的人,也许会比较容易收获平等,但这种平等的背后是社会规则和自己内心日日夜夜遭受鞭挞,这同时也给了上进者更强的价值感:越经历有挑战的过程,人生才越有意义。

最后,我想说的是,我们之前总是认为利他本身是自我伤害。但最新的积极心理学研究结果表明:利他所收获的幸福感甚至胜于巨大的财富、名声,而幸福公式的一个核心要素是良好的人际关系。

他人是地狱,他人也是天堂。

成长也需要断舍离

甄语录 生活本来就是纷杂的，面对"杂"而内心沉静，不正是对抗生活的法宝吗？

小区门口有个解忧杂货店

□子 聿

房子如同身体，一旦过了某个时间节点，就会出现各种各样零零碎碎的小问题。今天水龙头需要更换一个胶垫，明天新买的空气净化机的插头跟原有的插座不匹配，要安一个转换插座，后天燃气灶的炉盘又不好用了。然后，我就会直奔我家小区门口那个杂货店。

杂货店的门口有三级台阶，从低到高，摆放的商品由轻至重。第一级往往是那种路过时不经意就会买的小东西，比如袜子、手套、口罩什么的。第三级之上，则是几大摞陶瓷花盆、几个腌咸菜的大缸，大缸里还插着一捆木把的拖布。除了寒冷的冬天，杂货店的门都是敞开的。左边那扇门上层层叠叠挂着各式门帘，右边那扇门就更丰富了，从鞋带到电线，不同种类形状的商品搭在上面。

杂货店里有三个顶天立地的大货架，货架上的每一层、每一格都是满的。其中两个贴着左右两面墙，中间的那个又把剩余的空间一分为二，只留下两条狭窄而幽长的通道，通往一个神秘的世界。货架与货架之间还连着许多绳子，绳子上也挂满了货物，像中秋时节的葡萄藤。

我每次走进来都会不由自主地思考一件事——这屋子里到底有多少种、多少件东西呢？观察了很多次，仍没有一个答案。哪怕是加上"大约""可能""差不多"这样的副词做回旋之用，也还不见有一个数字浮现出来。在我彻底放弃思考这个问题时，老板两口子就成了我的偶像。因为不管你要买的这个东西有多么不起眼，哪怕是一根针，他们总是能够在星辰大海一般的货物里将其准确找到。

今年夏天的某日我又去买东西，刚巧赶上屋外暴雨忽至，索性就一边等雨一边与老板两口子攀谈起来。

我最好奇的，当然还是这屋里到底有多少东西，他们又是如何做到了然于胸的。老板娘没有直接回答我，而是反问了我一句："跟过日子相比，这难吗？"这个反问句颇有深意。想想那些跟生活有关的词，从"生老病死"到"衣食住行"，从"上有老下有小"到"七大姑八大姨"，哪一个不让人心力交瘁呢？相比于这些，虽然那些货物浩如烟海，但是仍然单纯可爱。

老板娘说刚开店那几个月，理货确实是件头痛的事，又累身体又累脑子。理一次货,就像打一场仗一样,还总是记不住。直到她妈妈突然去世,她连续失眠了好多天,只要一闭上眼睛,就是妈妈的脸,眼泪就跟着止不住。她干脆跳下床来理货。脚上蹬着攀着,手上挪着摆着,脑子里又要想着算着,心里就不胡思乱想了。后来,跟老公吵架心里烦,她就在店里理货;儿子青春期叛逆,总是惹她生气,她也在店里理货,总之,专心致志地理货可以让她忘记一切烦恼。理着理着,这些东西在哪儿、还剩几件,自然也就不是难题了。

我又转头问老板:"大哥,你呢?"老板说:"她理完货,缺这少那,我就得一趟一趟去进货,闲不着。"

忽然想到东野圭吾的《解忧杂货店》。虽然书中那个神奇的故事跟眼前这庸常的生活大相径庭,但是它们都发生在杂货店里。东野先生把故事的场景设定在杂货店里,也许有一层意思是生活本来就是纷杂、繁杂、复杂的,比如我们家那些不好用了的杂七杂八,比如杂货店老板家那些琐事尘杂,是谁也躲不掉的。而杂货店里的"杂"正是对抗它们的法宝,所以,杂货店确实是可以解忧的。

暴雨来得疾,去得也快,我与他们作别走出店门。虽然天还是阴的,但是看着我手上拿着的这个崭新的浴霸灯泡,感觉它就像一个太阳。

甄语录 自己苦,却不传苦,便有君子之德。

不传苦

□ 郭华悦

苦多乐少,本是人生常态。但何以待苦,不尽相同。

清代学者屈大均就视苦瓜为果蔬界的君子,理由是"杂他物煮之,他物弗苦"。苦瓜是苦的,煮了也是苦的,但同苦瓜一起入锅的食材,不会沾染苦味。这说明什么?自己苦,却不传苦,"自苦而不以苦人",这就是君子之德。

自己苦,他人不苦,这是一种大智慧。吃了苦头,人们下意识的反应都一样,想着诉苦、传苦。不同的是,有的人想了,也就做了,付诸实施;另一些人,却能通过其他方式,可能是运动,或者旅行,又或者做其他感兴趣的事,从而淡化生活的苦味,化苦于无形。

自苦而不苦人,这是一种大气度。

> **甄语录** 很多事情过早纠结，约等于浪费时间、浪费情绪。

纠结得太早，
或是中了
"视野时差"的圈套

□ 梁　爽

　　很多深受纠结之苦的人，问我如何减少纠结。我发现了一个最有用的办法，那就是不要纠结得太早。

　　数月前，我的一位朋友向我诉苦，说她在自己的工作岗位上，越来越觉得力不从心，强度和压力大，再加上没上幼儿园的孩子需要陪伴，身体不好的父亲需要照顾，她萌生了考公务员的念头。但她纠结于考国家公务员好，还是考地方公务员好。

　　我直接跟她说，剩下的复习时间已经没有几个月了，别纠结省考还是国考了，你先马上复习再说。后来据朋友说，她马上开始专心致志地复习，问早起要时间，问时间要效率，一天复习行测，一天复习申论，穿插进行。等到报考职位发布后，国考的职位她压根没得报，因为在有限的本地职位中，排除各种条件的限制，没有适合她的。最后在省考的报考职位表中，好不容易发现一个能够报考的职位，然后更加见缝插针地复习。

　　等她考完，我和她再通电话，她感谢我，点醒她"纠结得太早了"。想想当初纠结于考国考还是考省考就可笑，还好她把较早的时间，用在行动上，而不是纠结上。

　　在我看来，很多事情过早纠结，约等于浪费时间、浪费情绪，因为时间的推移和事态的进展，以及你个人的行动，会自动帮你排除一些纠结的选项。

　　这几年，我接到很多毕业生的纠结私信：你觉得是继续读研好还是找工作好？你觉得在国外读研好，还是在国内读研好？你觉得选起薪给得更高的A公司好，还是发展前途更好的B公司好？

　　我越来越倾向于这样回答：要不你都准备看看，offer（录取通知）到手，再来纠结选哪个？

　　我大学时班里有个学霸，大四时她要考研，在她锁定目标考国内某名校研究生并为之拼搏时，校方和北欧某校达成合作协议，选5个我们专业的学生免费读他们学校的研究生，除了专业成绩，雅思过了5.5就行。

　　学霸顺便考了雅思，然后又专心投入国内研究生考试的复习中去。后来她国内名校研究生和北欧研究生的offer都拿到了，最后纠结了一两天，就决定读国内名校。

我就欣赏她这种不拧巴、不纠结的性格，没有拿到offer的选择，充其量只是被选择，再怎么纠结，很多也逃不过被选择的被动局面。

但凡让我纠结的，都是我不了解的，信息不对称的，心存想象的，以我的经验，我根本看不到全局，连半局都看不到。

有一种时差，很要命，我把它叫作视野时差。在你看不到全貌时，别靠臆断拼凑，对自己做出所谓重大的选择，好像只有这样的形式感才算对自己负责任。在这样存在视野时差的基础上，纠结如何选择就很可笑。

面对选A还是选B的纠结，我有三种做法。

第一，我虽然想要A，但把握不大，B其实也行，相对把握较大。这种情况我通常两手准备，多付出一些行动和心力，尽力把A和B交叉的要求努力做到，然后根据两者的差别，做差异化的努力。

第二，A和B我觉得都不错，但能不能争取到，则取决于外在。这种情况我打的就是时间差，先专心投入到A上面，如果A不行了，马上转而投入到B。千万不要在选A或选B上面犹疑不决，我可以用超前的行动，帮自己排除不适合的答案。

第三，A和B中，我跟随内心的意愿，选择了A，那我就努力追求选定了的A，至于B，再也不去想"如果当初选B会怎样"。

甄语录 一见到阴影就胆怯、退缩，那么，一抹小小的阴影，也会堵死人生的出路。

别让阴影堵死你的路

□黄小平

有一种鱼，叫仙胎鱼。它身体透明，在水中游动异常灵敏。外行人想捕到仙胎鱼，简直像摘星一般难。然而，它却被内行的渔人大量捕捉，以致仙胎鱼家族遭遇了濒临绝迹的厄运。

渔人捕捉仙胎鱼的方法很简单，只要两个人各划一只木筏，在河中央相对拉开距离，再用一根粗麻绳贴着水面系在两只木筏中间。然后，两人同时划着木筏，缓缓往岸上靠。而在岸上等着的渔人一见木筏快靠岸了，便纷纷拿起渔网，到岸边就能轻易地捞起仙胎鱼。

为什么只用一根贴在水面上的绳就能把鱼赶到岸边呢？原来，仙胎鱼有一个致命的弱点：只要一有影子投射到水中，它们是宁死也不敢靠近的。水中一根绳子的阴影，竟把仙胎鱼赶进了死胡同。有时，人生也会遭遇生活的阴影，但如果像仙胎鱼那样，一见到阴影就胆怯、退缩，那么，一抹小小的阴影，也会堵死人生的出路。

成长也需要断舍离 甄选集

> **甄语录** 和平共处需要智力、同情和耐心，我们需要学习如何辩论、妥协，而不是埋头吵架。

躲在屏幕后面的情绪

□陈 赛

在网络上，人们经常一言不合就吵架。为什么？

古希腊哲学家苏格拉底经常在雅典的广场上与人公开辩论，而他最喜欢的技巧，就是请对方先陈述他们的信念（比如什么是公正，什么是幸福），然后问他们为什么，何以如此确定。在他的不断提问之下，对方信念的脆弱之处就会暴露出来，说理、讨论、施加影响的空间也由此而来。在哲学家看来，观点的冲突和交锋，不仅不是坏事，反而是辨别谬误、通往真理的途径。

互联网刚出现的时候，人们曾经以为，这是公众说理的好地方，人与人之间交流越多，了解越多，就会变得越友善，世界也会因此而变得更和谐。但很不幸的是，结果恰恰相反。

有人认为，在这件事情上，技术要负很大的责任，网络的匿名性就是罪魁祸首。当一个人隐藏在面具后面，他不用为自己的言行负责，看不到对手的样子，感受不到他人的痛苦，人性中阴暗的一面便很容易被释放出来。

我们常常以为网络霸凌者是躲在屏幕后面罪大恶极的恶魔，但很多时候，他们只是普通人，是我们的邻居、朋友，甚至我们自己。

你可能也听说过"回声室效应"：当你处在一个相对封闭的环境里，一些意见相近的声音不断重复，你会认为这些声音就是事实的全部。"回声室效应"最大的问题不在于你听不到不一样的声音，而是你根本不相信它们。当你遇到相反的观点时，你的第一反应不是好奇、倾听、理解，而是恐惧、愤怒和敌意。对方说"我不同意你"，可一到你的耳朵里，就成了"我不喜欢你"。社交网络的设计显然迎合了这种倾向，它鼓励你拉黑、取关、脱粉，却没有质疑、修复、妥协的选项。

情绪，而非理性，主导了我们在网上的大部分争论。人们最乐于在社交媒体上分享的，是那些情绪激烈的内容，尤其是道德义愤。道德义愤的表达常常是双向的。一个人在谴责别人的同时，也是在宣示自己的美德、智慧和忠诚。不过，在现实生活中表达道德义愤时，你需要计算一下成本和收益，而社交媒体将这件事的成本降低为零，并将收益调至最高。这符合互联网注意力经济的内在需求——最大限度地攫取你的注意力。

现在,你多少能理解为什么人们总是在网上吵架了。这些争吵里充满偏见、盲区、自说自话,缺乏信任、反思和说理的空间。在这种环境之下,不仅质疑变得很艰难,连真相本身也变得不再重要。美国学者拉尔夫·凯斯说,"后真相时代"创造了一个道德的昏暗地带。在那里,撒谎所附带的耻辱感消失了,谎言可以不受惩罚地被说出来。这导致了谣言、假新闻和"阴谋论"的产生,它们可以在短时间内被疯传,为虚假现实提供动力。

其实,在漫长的进化过程中,人类面对冲突的处理方式,跟动物并没有太大区别:要么战斗,要么逃跑。人们在互联网上的表现,正是这两种古老策略的现代版本:要么激烈地争吵,要么陷入沉默,以后者为主。但是,在今天这个复杂多元的世界里,这两种策略都不明智。一起毁灭是很容易的,而和平共处需要智力、同情和耐心,需要我们学习如何辩论、说理、妥协,而不是埋头吵架。

甄语录 有时不必追索伤心人的忧伤来自哪里,只管随他们沉入诗境。

伤心人

□ 潘向黎

有一种人,是天生的伤心人。

晏殊为官几十年,富贵荣华,妻妾美姬,亭台楼阁,谁也不知他为什么能写那么多心事重重、缠缠绵绵的情诗。

还有李商隐、纳兰容若,其实那么深切的爱之哀伤、恋之凄酸,并不全来自现实。现实中,他们的感情创伤不见得比常人多或者深。可是,他们是天生的诗人。也许花谢、叶落、风过、雪化,也足以伤怀。一个梦,一个身影,一句话,一声箫,亦足以撼摇心魄。何况,知己会离散,美人会老去,韶华匆匆,飞一般掠过的都是好时光。

元好问写下"问世间,情是何物",催生这句词的并非他本人的感情,甚至不是人类的,而是飞禽的痴情。

苦苦追索所谓"本事",是寻常人以寻常思路来探究,但这些伤心人都不是寻常人。因此,大可不必追索,只管沉入诗境,不辜负他们的伤心,也就是了。

林黛玉也是天生的伤心人。或者说,曹雪芹是,但这和大家族是否败落没有关系。曹家不败落,曹雪芹也许写不出《红楼梦》,但他是宿命的"伤心人",诗意地感受和对待这个世界,是天生的。

成长也需要断舍离

> **甄语录** 合群不是刻意迎合他人，更不是委曲求全。多一点独立，少一点盲从。这才是成熟的合群之道。

不必"伪合群"

□ 针未尖

"每天身处喧嚣，却无比孤单。"这句话，曾有人用来调侃自己的"不合群"，形象地说明了内心的苦恼。

最近，"合群真的那么重要吗"成为网上热议话题。有人觉得不重要，没必要去迎合所有人；也有人觉得，在生活中必须合群，不然很可能被孤立，因此"伪装合群"是成年人的必备技能。

合群真的那么重要吗？这其实是一个长期存在的问题，也是很多人的共性问题。因为人类是群居的，正因为人有合群行为，才形成了人群和社会。而在我看来，合群是比较重要的。

从精神需求角度说，合群能够满足人类对爱与归属感的需要。根据美国社会心理学家马斯洛的"需求层次理论"，人的需求从低到高分别是生理需求、安全需求、归属需求、尊重需求和自我实现需求。合群就是一种归属需求。归属需求不只是简单加入一个群体，而是形成并维持一种持久的、积极的人际关系，群体中的伙伴彼此互动、信任、认同甚至于欣赏，提升各自的归属感，收获心灵成长。

即便合群只是彼此之间分享快乐、倾诉痛苦，其实在某种程度上也能起到调节情绪的作用，给自己和他人带来更多安全感。

从生存生活与工作角度说，作为一种社会性动物，人在现实中几乎不可能孤独地生存生活和工作，免不了要和人打交道。物以类聚，人以群分。合群，可以取长补短，让自己变得优秀；合群，可以互惠互利、互帮互助，彼此成就。故有人认为，合群是职场竞争力、职场情商的一个重要考虑指标，追求合群、愿意合群，是一种生存的需要，也是发展的需要，甚至是变强大的需要。由此可见，合群是一个人适应环境和社会的必要能力。

不过，凡事都要掌握"度"和"量"，合群也是如此。合群不是刻意迎合他人，也不是委曲求全，也不意味着"合"自己身边的每个群体。低质量合群、盲目合群，反而会给自身带来困扰。合群要找到与自己三观一致、兴趣相近、有利于自身发展的人群，没必要强迫自己融入三观不合、兴趣爱好不符的某类人群。

同时，合则聚，不合则散。没有必要仅

仅为了让他人看得起自己,或害怕被孤立、被排挤,而伪装合群,这样做可能适得其反,不仅浪费时间精力,还可能因为没有找到真正能接纳自己的群体而产生焦虑、忧郁等不良情绪。在这种情况下,不如走出"伪合群",先活出真实的自己,取悦真实的自己。

真正的合群,是融入群体但不迷失自我甚至失去自我。当众声喧哗时,不要人云亦云,而是保持独立思考和清醒判断;当面对困境时,既可"抱团取暖",又能"自我温暖"。既要让自己"合得进去",从群体中受益,又要让自己"跳得出来",多一点独立,少一点盲从。这才是成熟的合群之道。

故有人表示,"合群"诚可贵,"自我"价更高。在多数时候"合"得了群,在某些时候享受得了孤独,努力追求自我价值的实现,才能更好地应对自己的人生。

甄语录 我们的心灵与自然结合,便能产生更多智慧,丰富的想象力也会由此诞生。

摩尔的自然之手

□杨小彦

英国雕塑大师亨利·摩尔说,世界上,形盲的人远多于色盲的人。意思是说,很多人会为一个好的色彩激动,却很少为一个好的形而兴奋。摩尔还说,他和米开朗琪罗的不同是,米氏在一块冰冷的大理石上看到了温暖的人体,他却只是在雕凿一块像人体的石头而已。

摩尔说,把河滩上的鹅卵石握在手心,闭上眼睛,用触觉去体验,千百年来的流水竟然可以把一个形冲洗得如此完美。他还说,紧紧地握着一根牛腿的胫骨,同样闭上眼睛,然后,从头到尾缓慢地抚摸下来,就会发现,其中的形的转折,是多么自然,超出了所有的人为努力。

摩尔坚定地把视觉裹挟在触觉里,让触觉成为引领视觉前行的向导。对摩尔来说,这个触觉不是人之手,而是自然之手。

摩尔很清楚,世间万物都是这只自然之手作用的直接结果。形正好藏在自然之手的触摸当中。

可惜,世人多不能理解摩尔的自然之手,因为他们根本就无法想象,一种从外向内扩展的空间,一种多维的变化空间,意味着什么。

摩尔只好独自站在田野上,他知道,自然之手正在触摸着万物。

成长也需要断舍离 甄选集

甄语录 伟大的人往往有两颗心，一颗心在流血，一颗心却去宽容。

恩仇之间见度量

□ 赵宗彪

人的一生，富贵贫贱都有可能出现。一般来说，由贫贱入富贵已是不易，由富贵转贫贱则更难。骤得富贵者，往往举止乖张。几起几落之人，有的可能会在识得人生的悲欢离合、沉浮穷通之后，变得豁达和善良，也有的则在经历世态炎凉之后，变得更为冷酷、孤独和不近人情。从功成名就之后对故人的态度中，大体可以看出一个人的胸襟和气度。

韩信少时不事生产，常从人寄食，人多厌之。有一阶段，在南昌亭长家白吃了几个月，亭长的妻子很不高兴。一次故意早早吃了，等韩信去时，已没有饭，韩信很气愤，从此不去了。后来一个洗衣妇看韩信可怜，给他白吃了几十天。韩信说："我今后一定重重报答你。"洗衣妇怒道："大丈夫自己找不着饭吃，我看你可怜才施舍，难道我指望你报答吗？"淮阴的很多年轻人也欺侮韩信，说："他虽然长得高大，好带刀剑，但是个胆小鬼。"其中一个人侮辱韩信道："你如果不怕死，用剑刺我；如果你怕死，从我胯下钻过去。"韩信想了很久，终于从这个人胯下爬了过去。

后来，韩信发达了，被封楚王，他赏了洗衣妇千金。而只给那位南昌亭长一百文钱，并说："你是一个小人，做好事不会坚持到底。"又召来了侮辱自己的那个人，让他当了中尉，负责巡城捕盗。韩信对部下说："他是壮士。当时他侮辱我，我怎不想杀他？杀他没名气，忍受了，所以才有了今天。"

韩信是秦末汉初的天才军事家，但在待人接物上，我觉得他有诸多不足称道处。在对待南昌亭长上就有点小孩子气。你得意之后，忘了他倒也罢了，但偏要专门寻他羞辱一番。人家给你白吃了几个月，还被骂作小人，实为不该。

李广是一代名将，在抵御匈奴的战争中，屡建奇功，人称"飞将军"。他因罪被革职为

平民。有一次晚上出去饮酒，回来时经过霸陵亭，霸陵尉喝醉了酒，呵斥李广，不让他通过。李广的随从说："这是旧任李将军。"霸陵尉说："现任的将军尚且不得犯夜行路，何况是旧任的！"并勒令李广住在驿亭中。不久，匈奴犯边，汉武帝重新起用李广，任他为右北平太守。李广马上征召霸陵尉一起去前线，到了部队就斩了他。李广是员虎将，但在这里，他是一个不折不扣的小人。霸陵尉即使势利，但他禁止夜行，也是忠于职守的行为，李广怎能滥杀无辜？李广一生战功赫赫，一心想封侯，但至死没有如愿。有人说这是因为他滥杀了八百多个降卒。我看，他连霸陵尉都杀，恐怕与他有小过节的人都不会放过，如此小肚鸡肠，不得封侯，不亦宜乎？

苏秦是战国时期著名策士，凭三寸不烂之舌，联合六国西抗强秦，身佩六国相印。当年他困厄之时，家人皆笑之，显达之后，他们又一反故态，极尽恭顺之能事。苏秦笑问其嫂："为什么前倨而后恭？"嫂答："因为你现在地位高、钱财多！"苏秦感叹道："同样是我苏秦，富贵了亲友敬畏我，贫贱了亲友轻慢我，更何况别的人？假如我当年有两顷良田，我就不会发愤，也不会佩六国相印了。"于是他散千金给自己的亲友。凡是以前给了他帮助的，也都一一报答。其中一个人没有得到好处，就找苏秦问原因，苏秦说："不是我忘了你。当年你和我一起去燕国，在易水边你再三要离开我。那个时候，我处境十分困难，非常希望得到你的支持。所以，我迟点报答你。"

以苏秦之智，不会不知人性，但他一笑置之。正如世事洞明的孔子所说："鸟兽不可与同群，我不同他们在一起又和谁在一起呢？"

这才是真正的智者、明者和仁者。以德报德易，以德报怨难。在这点上，苏秦有气度，有胸襟，也很高明。

甄语录 不要为打翻的牛奶伤心。

锯木屑

□ [美] 卡耐基　译/刘祜

富勒·须德有一种能把古老的道理用又新又吸引人的方法说出来的天分。

有一次，在大学毕业班讲演时，他问："有谁锯过木头，请举手。"大部分学生都举了手。他又问："有谁锯过木屑？"没有一个人举手。

"当然，你们不可能锯木屑。"须德先生说："过去的事也是一样，当你开始为那些已经做完的或过去的事忧虑时，你就是在锯一些木屑。"

成长也需要断舍离 甄选集

甄语录 对自我行为的不认可，不仅不会成为改变行为的动力，反而会成为下一次更加堕落的理由。

零焦虑生活的"加分思维"
□ 汪　冰

你本来打算今天努力充电，看看书或者听几节线上课，却发现拿起手机刷几下天就黑了。天黑之后想想，白天都在玩，晚上还学什么呀？干脆再追一会儿综艺就睡觉吧。这样的一天过去后，只剩懊悔和焦虑。

这里面最重要的问题是，如果你决定今天刷手机，那就好好地刷手机，这样你就会乐在其中。

最可怕的是明明花了时间玩手机，还不认可它带来的快乐，这才叫真正的浪费时间。这种对自我行为的不认可，不仅不会成为改变行为的动力，反而会成为下一次更加堕落的理由。

这是一种"减分思维"：你设想每一天都理所应当是100分，玩了一整天是0分，焦虑情绪又让它减至负数。

但换个思路就可以变成"加分思维"。你玩了一整天手机，觉得挺快乐的，很满足。好吧，晚上背10个英语单词吧。那么这一天，你既收获了快乐，还收获了10个单词。这是典型的"加分思维"：今天本来是0分，背了10个单词就加了10分。

甄语录 物极必反、盛极而衰，道理简单，却往往被忽视。

最后的繁茂
□ [智利] 本哈明·拉巴图特　译/施　杰

前不久，夜晚的园丁问我，知不知道柠檬树都是怎么死的。假如它们撑过了干旱和病害、无数虫子的啃噬、真菌和瘟疫的袭击，终于来到了晚年，它们会因过度繁盛而死去。一旦抵达生命周期的终点，它们就会结出最后一茬柠檬。

那年春天，它们的花苞会迸发出来，绽开巨大的花团，空气中都是它们馥郁的甜香，隔着两条街，你的喉咙和鼻子都会发痒。然后所有果实会一同成熟，把整根整根的树枝都压断，再过一两周，周围地上就都是腐烂的柠檬。

甄语录 "积羽"不察，势必"沉舟"。不高度警惕，一定会酿成大祸。

君子走眼
□ 茅家梁

《孟子·万章上》里说：以前，有人送了条活蹦乱跳的鲜鱼给郑国的子产，子产让主管池沼的小吏（当时叫"校人"）将此鱼放入池塘。结果，"校人烹之"，大快朵颐，摸摸肚皮，剔剔牙缝，却向子产汇报："那鱼一进入水中，开始是拘束、困倦的样子，一会儿便游得泼刺刺的，十分舒畅得意，最后竟'攸然而逝'。"一套谎话编得绘声绘色，子产信以为真，连声道："得其所哉！得其所哉！"那小吏后来总结经验：对君子可以用合乎情理的方法来欺骗他。

子产被蒙骗，仅仅是对鱼儿命运的误判，自我陶醉于"放生"的菩萨心肠，影响还不大。然而一旦由此欣赏起"校人"来，把一个骗子当杰出人物，继续走眼，那问题就严重了。贤者看中的"人才"，因为有光环，所以更具有欺骗性、迷惑力。

有则寓言故事叫"黠猱媚虎"：老虎头痒，便让一种叫猱的猴子爬到头上不停地挠，当然挠得十分舒服。在完全取得老虎的信任之后，猱用锐利的爪子一点点地掏老虎的脑汁吃，老虎竟然浑然不觉。老虎"走眼"，黠猱便大显身手，这般"积羽"势必"沉舟"，不高度警惕，一定会酿成大祸。

甄语录 为无谓的事情争执，到头来能得什么呢？

绳　子
□ 编译/南　方

尼古拉斯和马丁有一天发现路上有一段旧绳子，即刻跑过去抢，吵闹声大得一英里外都听得见。尼古拉斯抓一头，马丁抓另一头，拼命地拉，都想独自占有。突然，绳子断了，两个男孩倒在地上，满身是泥土。

有个路过的人见了说："人们经常大声地为一些没用的事情吵架，可是，到头来他们得了什么呢？除了像泥土一样沾在他们身上的羞耻，别的什么也得不到。"

甄语录 站在父母的角度，理解父母的苦心，说出让父母感到温暖的话，正是化解父母唠叨的不二选择。

化解父母唠叨的不二选择

□苏秀锐

跟一个学生聊天，我问到他现在最大的烦恼是什么，他张嘴就跟我诉苦道："我妈妈简直就是《大话西游》里的唐僧，一天到晚唠叨我，烦都烦死了。上次考试，我成绩有进步，可就因为一道简单的题没做对，她知道了，就没完没了地唠叨我，说我粗心，不长记性。"我问："那你是怎么做的？"他说："我生气地关上自己卧室的门，不听她唠叨了。结果晚上吃饭的时候，她又唠叨上了，还说：'你犯了错，我说你两句，还学会跟我甩脸子了，长本事了是不！'整整唠叨了我一晚上，烦死我了！"

父母唠叨，是很普遍的现象，如何应对？有几个例子。

周末，王晓明在家里看电视，妈妈看到了，便唠叨他做作业。王晓明笑着说："妈妈，您放心，我都计划好了。上午有喜欢的电视，就先看会儿。下午一点准时开始做作业，五点之前完成。晚上再检查一遍。不信您看看，没有您督促我，我能不能好好完成自己的计划？"妈妈听后，果然不再唠叨他。晚上他按计划检查完了作业，妈妈十分高兴，以后也很少再唠叨他。

曾兆新早起去上学，总是忘了关家里的防盗门。这是个很危险的习惯，爸爸因此经常唠叨他。一天放学，刚进家门，爸爸就说："今天怎么又忘了关门？"曾兆新马上说："对不起，爸爸，今天忘了，下次一定记着。每天出门前我会检查一遍关没关门再走。您要是不相信，我跟您立个'军令状'：如果我再忘了关门，就罚打扫卫生一次，拖地、洗碗、擦桌子我全包了！"爸爸一听笑了，说："那倒是不用，你记着我的话，我就很高兴了！"说完果然不再唠叨。

早上，妈妈说今天会降温，让梁美微多穿件衣服。可梁美微根本没听进去，拿了早饭便飞跑着出门。当天果然降温了，下午放学回家，梁美微一个劲儿地说："今天可冻死我了！"妈妈正准备长篇大论地教育她，梁美微笑着说："怪不得人们都说'世上只有妈妈好'，还是妈妈最关心我。一看变天了，就让我加衣服；怕我感冒，还特意给我做了汤喝！我却不理解妈妈，真是该打！"妈妈说："你这孩子，就是嘴甜，快吃饭吧！"涌到嘴边的唠叨顿时化为欣慰的笑容。

其实，父母唠叨孩子，肯定是为孩子好，如果孩子不能理解这份深切的关爱，而

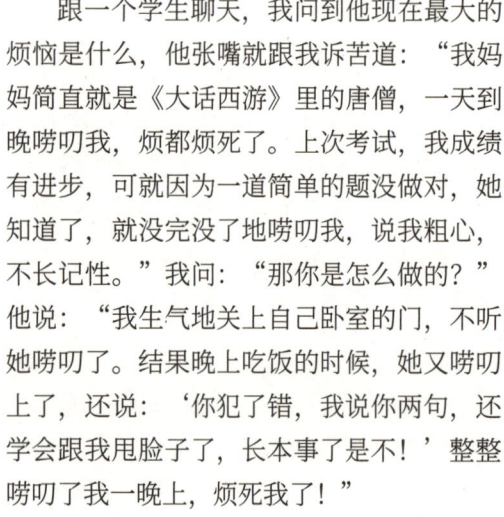

表现出不耐烦，甚至出言顶撞，只会让父母伤心，也会使他们的唠叨加剧。

如果你能像王晓明一样，把该做的事计划好，把计划按时完成，父母觉得很省心，怎么会唠叨个不停呢？

如果你能像曾兆新一样，做错了事，能诚恳地道歉、认真地改过，根本无须立下"军令状"，父母也会高兴地"放你一马"，不是吗？

如果你能像梁美微一样，充分理解父母的唠叨是对自己的关心，并学会表达感激，父母感到欣慰还来不及，又怎会继续说出唠叨的话语？

其实，只要你学会换位思考，多站在父母的角度想想，多反思自己的不足，就能更理解父母的苦心，就能说出让父母感到温暖的话。而这样的话语，正是化解父母唠叨的不二选择。

甄语录 祸从口出。少说话，多做事，是人生的大智慧，也是有修养的表现。

少说话

□张 希

《世说新语》中记载了一个小故事：一次，王羲之的三个儿子王徽之、王操之、王献之一起去拜访大名士谢安。王徽之、王操之挺能聊，陪着谢安谈天说地，唠了大半天，而王羲之的小儿子王献之始终在一旁安静地坐着，很少插言。三人走后，有人问谢安王家三子哪个更有出息，谢安回答："小者最胜。"他还解释了原因："吉人之辞寡，躁人之辞多，推此知之。"谢安没看错人，无论是仕途还是书法造诣，王献之都是兄弟三人中最有成就的。

曾国藩在写给其弟曾国荃的家书中说，人有两大导致失败的凶德：一是傲慢，二是多言。曾国藩还说起一段往事，他有个朋友叫郑小珊，比他年长十岁，两人同朝为官又是湖南同乡，本来关系不错。哪知有一年曾国藩给其父办生日宴时，年轻气盛的"翰林公"曾国藩口出狂言，与郑小珊产生了矛盾，弄得众人不欢而散，还得罪了这个好友。事后，曾国藩非常懊悔，他一再告诫自己的儿子和兄弟：为防止言多语失，一定要戒多言。

祸从口出，言多必失。一来傲慢与多言往往联系在一起，自以为是、口出狂言易引起他人的反感；二来言语犀利、盛气凌人，似乎在气势上压倒了别人，占了上风，实际上对方心里并不服气，这就埋下了矛盾的种子；三来一个人总当着别人的面发牢骚，口中满是怨气，不但影响他人的心情，也会让自己抑郁难平，害人害己。

少说话，多做事，是人生的大智慧，也是有修养的表现。

成长也需要断舍离 甄选集

> **甄语录** 把积极的自我暗示作为持续毕生的心理练习，会让你的生活状态更加积极，从而积极地迎接每一天。

"社恐"的人究竟在"恐"什么

□ 唐 婧

现如今，越来越多的年轻人戏称自己为"社恐"，具体表现为对正常社交产生不必要的紧张与尴尬，总觉得自己的一举一动都会受到别人注意并且产生负面评价。这些年轻人对社交产生的焦虑或许没有达到心理障碍的严重程度，但是这种焦虑与紧张感的确影响到了他们正常的社交生活。想要摆脱这种心理上的不舒适感从而与他人进行正常平和的交流，缓解社交恐惧是不可或缺的一环。

首先，我们要搞清楚我们为什么会害怕社交。"社恐"们往往对外界环境与他人有两个错误的认知。

第一，他们总是陷入自我聚焦式的思维方式，往往将自己摆在社交舞台的中央，并且感觉自己的一举一动都会被周围人注意。于是，他们总活在一种被注视的紧张感中。

第二，他们总是在想象他人对自己的看法，总活在负面消极的自我催眠中。焦虑其实是我们和自己玩的一场想象游戏——想象各种不好的可能性发生，想象由此引发的各种糟糕后果，并由这些"可能会发生、更可能不会发生的糟糕后果"而引起自己内心的恐惧、担忧和压力感。这种想象会使他们无时无刻不在思考自己的言行，回想任何可能的瑕疵，并且感觉周围的人看自己的目光都是不同的。

为什么我们明明知道都是自己的想象，却付之信以为真的焦虑呢？这是因为，我们的潜意识有一个独特的情境混淆机制，让我们对自己的想象信以为真，如此，才能制定出真切可行的灾难后备方案，确保我们个体的安全和种族的延续。不难看出，这是潜意识本能的自我保护机制之一。

我的来访者K先生是一位培训讲师，每天都需要站在讲台上给学生授课。自从有一次他在讲台上出错引发学生哄堂大笑以后，K先生就对讲课这件事产生了焦虑感。每天晚上他都反反复复准备讲稿，告诉自己，"明天讲课的时候千万不要出错、千万不要出错"，但内心忍不住一遍又一遍想象自己出错的样子。这些想象让他无比焦虑，甚至反复出现在梦中，让他一次次惊醒。渐渐地，K先生觉得自己对讲台都产生了恐惧，不敢走上讲台了。

我问K先生："你最常有的焦虑幻想是

什么?"

K先生说:"我常常忍不住想象,自己讲课又出错了,站在讲台上面红耳赤,尴尬、无地自容,又惹得学生们哄堂大笑,甚至还有学生带头轰我下场。一想到这些,我就跟自己说,再也不能出错了,再出错你的职业生涯就完了。但似乎越这样想就越焦虑,越怕出错就越会出错,这些又让我更焦虑。"

说到这里,你是否察觉出了问题的关键?是的,关键就在于"越这样想越焦虑,越怕出错越会出错"。你一直反复想象失败,潜意识就会以为这些失败场景都是真实发生的,并且理所应当发生,于是就会呈现给你失败的感受,以及让你实现失败的行为。

如何才能改变这种状态呢?非常简单,只需改变你想象的内容——以前你总是想象那些自己不希望发生的场景,现在逆转过来,进行"积极自我暗示",去主动想象自己希望发生的场景,想象得越真实越身临其境,效果就越好。每次当负面的想象又不自觉地冒出来的时候,就用这个正面积极的想象去替代它。

建议你把这个"积极自我暗示"的练习作为持续毕生的心理保健习惯坚持下来,这会让你的生活状态更加积极,心态更加乐观,从而积极地迎接每一天。

甄语录 信仰更近于一种行为,而不是某种知识。而美好的信仰被实践,必然有意义。

带着书的男人

□ 林 丁

在任何一个社会里,人们对拿书的人大多怀有敬畏之心。这是一条真理。皮埃尔·裴是一名自行车修理工,大字不识一个,但知道那条真理,于是他无论走到哪里,都拿着书。

一开始他只拿一本书,后来他意识到,他拿的书越多,大家对他的印象就越好。于是,他出去的时候都至少带上三本书。至于带的是什么书,那就不重要了,但他好像特别喜欢那些印着小号字的厚书。

家里藏书的规模迅速扩大,以修自行车的微薄收入,皮埃尔·裴买这么多书实在不容易。除了必不可少的食物,他每天不得不砍去其他所有的开支。很多时候,他只靠面包和糖维持生活。虽然日子过得清苦,但家里的厚书皮埃尔·裴一本也没卖。他的肚子常饿得咕咕叫,但村民给予他的尊敬,让他的身心得到极大的满足。

1972年,皮埃尔·裴对书的绝对信仰终于得到回报。一场惨烈的战争在那一年爆发,村里所有的房子都被烧成了灰烬——除了皮埃尔·裴的那间摇摇欲坠的茅屋。他抱着头,战战兢兢地蹲在地上,几乎毫发无损,因为至少有一万本书将他团团包围,保护了起来。

甄语录 接纳自己，就要承认自己的不完美，甚至平凡和普通。

手汗的烦恼

□ 钟漫蕾

我害怕别人触碰我的手。有一回同事们在互相观察指甲盖上月牙的长势情况，顺其自然地拉起我的手掌观看，就在掰直五指的瞬间，她触碰到湿漉漉的掌心，问我为何洗完手不擦干。我尴尬地回应，其实是手汗。

"突袭"带来的尴尬场面常常是转瞬即逝的，那些有所准备的接触更让我不适。从敲定与甲方领导会面的时间起，我便开始焦虑——握手环节该如何避免出太多手汗？然而越是焦虑紧张，手汗越发渗得起劲。以至于码字时，手汗把电脑键盘都浸得湿答答的，但凡手指滑过的字母键均有水分残留，不得不用纸巾擦干。一张纸巾经由掌心和十指流浪一遍，便已软成一团。办公桌上总是堆满这样的纸团。有一段时间，我的安全感来源于口袋里塞满的纸巾。后来在会见甲方领导时，我都做好握手前一刻迅速用纸巾吸干掌心汗液的准备，握手那一刻才免去对方投来异样的目光。

上学时代的难题则在于作业本的纸张常常被浸湿，圆珠笔在潮湿的位置写不出完整的字迹。每当考试或者作业繁重时，我不得不放一片纸巾在掌心，拇指、食指和中指握笔的同时，无名指和尾指抵住正在吸汗的纸巾。不仅如此，白天手汗过多，晚上洗澡时，十指泡在水里一段时间后抽出，立即变得皱巴巴的，苍白老态得如同七旬老人之手。

中学时学钢琴，我的十指在老师全神贯注的凝视下，手汗一发不可收拾，在整排黑白键上都留下反光的水滴。虽然老师假装未察觉任何异样，但我羞愧难当，还隐隐担忧钢琴会因水分过多而坏掉。滑溜溜的手指在键盘上的把控力不够，落指与转位都有失精准，我大部分注意力都集中在"老师会不会怪我手汗多而弹不好"上，脑海里一片空白。有一次，我对老师说，我不喜欢弹钢琴了。此后再也没有去练琴。但其实，它曾经是我的梦想。

手汗严重是件难以启齿之事。连父母也只略知一二，而不知其严重性。我曾瞒着家人，独自去看医生，被诊断为手汗症——一种由汗腺分泌过于旺盛引起多汗的疾病，源于局部交感神经损伤或异常生理反应。医生建议我缓解焦虑、学会放松、避免过度紧张，症状便会有所减轻。若想要根除，可以尝试微创手术。

有时候我会疑惑，到底是为出手汗这件事感到焦虑不适，还是因为缺陷与不足可能引起别人嘲笑而惧怕不安。

据统计，我国有6000万手汗症患者。某知名歌手唱歌时手汗过多导致麦克风短路坏掉；某知名主持人也曾在节目中透露，小时候因手汗问题而心生自卑。当我找到许多不被微小缺陷阻碍的有志者成才的案例后，焦虑似乎寻得了出口。曾经难以启齿的毛病，渐渐适应并毫不忌讳地向同事朋友展现，甚至有时还自我调侃一番。

有一点可以断定的是，紧张会使手汗严重，但处于放松状态时，汗液也并不会完全消失，它处于一种伴随状态。只要双手触碰物体，汗腺就会敏感起来。阿德勒心理学提到，我们无法改变客观事实，但可以改变主观解释，既然手汗症是客观存在的事实，我何不勇敢接受它，接纳不完美的自己，并且重新喜欢平凡普通的自己？

甄语录 有爱的日子，即便很穷，但每一分钱，都能带给我们双倍的快乐。

格布上的花

□毕淑敏

好日子和坏日子，是有一定比例的。就是说你的一生不可能都是好日子——天天蜜里调油，也不可能都是坏日子——每日每刻黄连拌苦胆，必是好坏日子交叉着来，如同一块花格子布。算下来你的好日子多，就如同布面上红黄色多，亮堂鲜艳；如果你的坏日子多，那就是黑灰色多，阴云密布。

什么是好日子坏日子的分水岭、试金石？钱吗？好像不是。

有钱的人不一定承认他过的是好日子。钱少的人或没钱的人，也不一定感觉他过的是坏日子。健康吗？好像也不是。无痛无灾的人不一定觉得他过的是好日子，罹病残疾的人也不一定承认他过的就是坏日子。美丽和能力吗？似乎更不像了。看看周围，有多少漂亮能干的男生女生，锁着眉苦着脸，抱怨着岁月的难熬啊……说了若干的标准，都不是，那么，什么是好日子和坏日子的界限呢？

不知他人的答案为何，我猜，是爱吧？有爱的日子，也许我们很穷，但每一分钱，都能带给我们双倍快乐，也许我们的身体坏了，每况愈下，但我们牵着亲人的手，慢慢老去，旅途就不再孤独。也许我们是平凡和微渺的，但我们竭尽力量做着喜欢的事，心中便充溢温暖安宁。这是什么呢？这就是好日子。你的那块花格子上，就绽开了鲜花。

甄语录 也许正是失去，才令我们完整。

你不必完美

□[美]哈罗德·斯·库辛　译/钟雪丹

我们当然应该努力做到最好，但人是无法要求完美的。我们面对的情况如此复杂，以致无人始终不出错。好几次，当我必须告诉我的孩子们我在某件事上做错了时，我多害怕他们不再爱我。但我非常惊奇地发现，他们因为我愿意承认自己的错误而更爱我。比较起来，他们更需要我诚实、正直。

我是从一个童话中得到启示的。一个被劈去了一小片的圆想要找回一个完整的自己，到处寻找自己的碎片。由于它是不完整的，滚动得非常慢，从而领略了沿途美丽的鲜花，它和虫子们聊天，它充分地感受到阳光的温暖。它找到许多不同的碎片，但它们都不是它原来的那一块，于是它坚持着找寻……直到有一天，它实现了自己的心愿。然而，作为完美无缺的圆，它滚动得太快了，错过了花开的时候，忽略了虫子。当它意识到这一切时，它舍弃了历尽千辛万苦才找到的碎片。

这个故事告诉我们：也许正是失去，才令我们完整。一个完美的人，在某种意义上说，是一个可怜的人，他永远无法体会有所追求、有所希冀的感觉，他永远无法体会爱他的人带给他某些他一直追求而得不到的东西的喜悦。

一个有勇气放弃他无法实现的梦想的人是完整的；一个能坚强地面对失去亲人的悲痛的人是完整的——因为他们经历了最坏的遭遇，却成功地抵御了这种冲击。

生命不是上帝用于捕捉你的错误的陷阱。你不会因为一个错误而成为不合格的人。生命是一场球赛，最好的球队也有丢分的记录，最差的球队也有辉煌的一天。我们的目标是尽可能让自己得到的多于失去的。

当我们接受人的不完美时，当我们能为生命的继续运转而心存感激时，我们就能成就完整，而别的人却渴求完整——当他们为完美而困惑的时候。

如果我们能勇敢去爱、去原谅，为别人的幸福慷慨地表达我们的欣慰，理智地珍惜环绕自己的爱，那么，我们就能得到别的生命不曾获得的圆满。

拆掉思维里的墙:

自我突围,用更好的方法成长

成长也需要断舍离 甄选集

甄语录 成功就是99%的汗水加1%的灵感，不努力，即使再聪明也没有用，而勤奋真的可以补拙。

表扬别人时，请说"你很努力"

□ 白龙鱼服

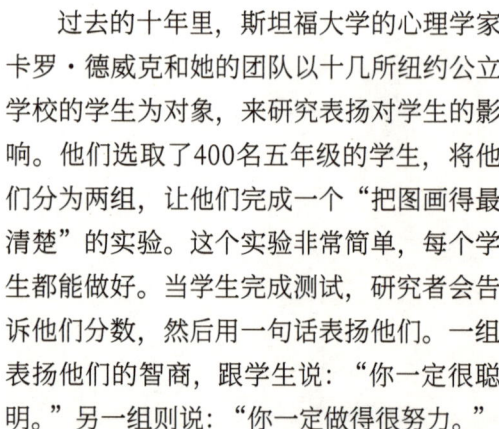

过去的十年里，斯坦福大学的心理学家卡罗·德威克和她的团队以十几所纽约公立学校的学生为对象，来研究表扬对学生的影响。他们选取了400名五年级的学生，将他们分为两组，让他们完成一个"把图画得最清楚"的实验。这个实验非常简单，每个学生都能做好。当学生完成测试，研究者会告诉他们分数，然后用一句话表扬他们。一组表扬他们的智商，跟学生说："你一定很聪明。"另一组则说："你一定做得很努力。"

随后是第二轮实验。实验开始前，这些学生可以选择比之前的测试更难的题目，也可以选择和之前的测试难度相同的题目。结果，被表扬"很努力"的学生中有90%选择了更难的测试，而被表扬"很聪明"的学生大部分选择了难度相同的测试。

在第三轮实验中，所有参加测试的学生都必须参加一个难度超出个人实际水平的测试。可想而知，没有几个人能完成。但是，之前实验中随机分配的那两组学生再一次表现出了不同。那些被表扬"很努力"的学生认为自己失败的原因在于没能集中精力，所以在接下来的实验中，他们更愿意集中精力去尝试每种解决问题的可能；而被表扬"很聪明"的学生则认为自己失败的原因在于自己的智商。

在最后一轮测试中，题目的难度和第一轮相同。但被表扬"很努力"的学生的成绩提高了大约30%，而被表扬"很聪明"的学生成绩则下降了约20%。

对这样的结果，德威克认为："强调努力，给了学生一个可控的变量，他们发现自己可以控制成功与否；强调聪明，则剥夺了这种可控性，并且不能成为应对失败的好处方。"她在研究总结中写道："当我们表扬学生的智力时，相当于要他们表现得聪明些，不要冒险犯错。"这也正是被表扬为聪明的学生所做的：他们选择保持聪明的形象，避免了形象受损的风险，一旦他们失败后，就会怀疑自己根本不聪明；而被夸奖"很努力"的学生失败后则会认为是自己不够努力。

后来，德威克在重复实验时，将每个社会阶层都纳入了自己的实验，最终都得到了同样的结果。不论男女，连学龄前的孩子也未能幸免于被表扬聪明后带来的负面效应。

此外，德威克的学生丽莎·布莱克维尔在纽约东哈莱姆区一所中学的学生身上也进行了相同的实验。她将学生分成两组来参加一个有8期课程的工作坊。其中，控制组接

受学习技能培训,实验组除了要接受学习技能培训,还要学习"大脑发展观"。她让实验组的学生轮流大声朗读一篇关于大脑在挑战下如何长出新的神经元的文章,观看关于大脑的幻灯片。不久,即使不知道哪些学生分到了哪个组,老师们仍然可以挑出那些学习过"大脑发展观"的学生,因为他们改变了自己的学习习惯,提高了成绩。

的确,随着年龄的增长,在决定孩子能否做成一件事的因素中,智力显得越来越微不足道,越来越复杂的任务让努力和坚持成为成败的关键。心理学家发现,表扬孩子的智力恰恰会减少他们的努力。连大发明家爱迪生都说,成功就是99%的汗水加1%的灵感,不努力,即使再聪明也没有用,而勤奋真的可以补拙。

所以,下次你要表扬别人时,不要再说"你很聪明"了,应该说"你很努力"!

甄语录 孤独,是生命的驿站。超越孤独,便会踏上遥遥的征途。

孤 独

□[匈牙利]马洛伊·山多尔 译/郭晓晶

有一段时间,我感到孤独就是一种惩罚,就像把一个孩子关在一间黑屋子里,而成年人在另外一间屋子里谈笑风生。

后来,有一天我也长大了,这才知道,孤独是人生中一种自觉的独处,而不是惩罚。孤独不是受伤者和患病者的退隐,也不是怪癖,而是作为一个人生活的唯一、真正存在的状态。

知道这些后,我就不觉得忍受孤独是那么艰难,而是感觉自己呼吸着清新的空气,活在一个辽阔的空间里。

你的病，听个故事就好了

□ 孙若茜

> **甄语录** 文学是被低估的资源，它可以有力地影响、改变一个人的灵魂。

苏珊·埃尔德金和她的两位朋友是"书目治疗师"，一份将虚构作品和生活建立联系的职业。

2008年，他们三人在伦敦"人生学校"开设了所谓书目治疗服务。既然是治疗，就会有问诊，这三位书目治疗师通常会花45分钟让他们的"病人"或者"客户"谈谈他们的阅读状况和品位，以及生活中发生了什么。之后，治疗师会开出一张包含大概六本书的"处方"。

曾经有一个纽约的女人找到苏珊·埃尔德金，她觉得自己的婚姻变了味道，没了爱意。埃尔德金给她开的是伊丽莎白·冯·亚宁的《迷人的四月》。这本书讲的是四个女人由于各种原因导致情感关系出现问题，然后一起前往意大利城堡的有趣故事。在那里，她们发现可以做一些和之前不同的事情让爱意重新回到生活中。几个星期后，女人告诉埃尔德金，她和丈夫重新坠入了爱河。

埃尔德金的另外一位客户患有某种轻微的焦虑症，于是，她向其推荐了道迪·史密斯的《我的秘密城堡》、H.E.贝茨的《五月的花朵》、赫尔多尔·拉克斯内斯的《冰川之下》。这几本书中都发生了一些令人为难的事，但结局是美好的，同时，主人公身边的人总能给其带来欢乐。这位客户反馈说，这些声音仿佛真的来自她的内心，她身上的负担减轻了。埃尔德金说，有时候，决定你是否有压力的并不是发生在你身上的事情，而是你对待它的态度。

有的人因为遭遇丧亲之痛，父母、伴侣身患重病，或者正在经历某种生活的重大变故，需要努力调整适应前去咨询，有的只是想找到一本可以和女儿共同阅读的书以便理解彼此，毕竟对孩子而言，书是打开某些艰难话题的明智选择。当然，还有很多人找书目治疗师，纯粹是因为爱书、爱阅读，希望能和另一个书虫聊聊，发现更多之前不知道的非著名作家。就埃尔德金的经验，阅读疗法对那些感到不知所措、精疲力竭、紧张焦虑的人来说是非常有帮助的，它也适合那些陷入某种桎梏出不来的人。

远在古希腊，人们就笃信书籍具有治愈效果。据说，底比斯城的一座古图书馆遗迹的门上就刻着"灵魂治愈之所"。但直到1916年，才有了"阅读疗法"这个词，由美国牧师塞缪尔·麦克霍德·克罗瑟斯在《大西洋月刊》上发表文章提到，文章赞颂了除《圣经》以外其他书籍的治愈力量。在那之后的一段时间里，"阅读疗法"这个词的使用都围绕着童书和心理自助类书籍。

埃尔德金三人对自己使用的"阅读治疗法"的定义当然有别于此，他们的所谓治疗和心理咨询有着共通之处，却显然有极大的

不同。这三位书目治疗师开出的"处方"全部是文学作品。这一点在他们后来出版的两本书里显而易见,一本是《小说药丸》,另一本是《故事药丸》,前者写给成人,后者针对孩子。目录里列出了所有你能想到或遭遇的"病症"。比如,你担心被"剩",不想当父亲,害怕衰老,或者困在一段糟糕的感情当中,你的孩子爱丢东西,不愿意做作业,不得不练习乐器或者交不到朋友;又比如,你扁桃体发炎,遭遇流感,或是不幸撞到脚趾。很难想象,所有问题都可以靠读本小说或者听个故事来解决。

书目治疗师认为,没有什么问题是在合适的时机读一本合适的书所不能解决的。他们说,文学作品可以有很多种治愈方式——有时改变你的视野,有时帮你逃跑,有时让你觉得你并不是一个人。有时作品的节奏韵律会像音乐一样,作用于你的大脑,让你清醒或者让你平静。故事是人类文明的一部分——我们通过故事去理解我们的世界,去跨年龄传递智慧,去分享我们的人性。

苏珊·埃尔德金说,文学是被低估的资源,它可以有力地影响、改变一个人的灵魂。

> **甄语录** 选择时我们所看重的,往往决定了我们人生的格局和意义。

两个韩愈

□余 弓

《唐语林》载,韩愈"尝与客登华山绝顶,度不可下返,发狂恸哭,为遗书"。韩愈一诗则云:"一封朝奏九重天,夕贬潮州路八千。欲为圣明除弊事,肯将衰朽惜残年!云横秦岭家何在?雪拥蓝关马不前。知汝远来应有意,好收吾骨瘴江边。"在华山绝顶死于非命,轻于鸿毛,是以怕死;为苍生请愿,死得其所,是以不怕死。有怕死的韩愈,有不怕死的韩愈,都是活生生的韩愈。

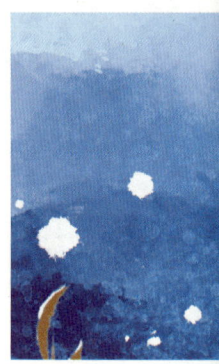

甄语录 人生不要怕挑战，怕的是不能面对挑战。

比赛与人生八原理

□ 王 蒙

对体育，我不怎么内行，但是一边看比赛一边联想到人生种种，觉得有点意味。

看举重，多次看到一个运动员第一次举重量比较轻的那个杠铃，却没有举起来。第二次还是没有举起来。最后一次机会了，杠铃的重量已加了七八公斤，他或她豁出去了，硬是稳稳地举得端端正正。这是"背水一战"原理、"置之死地而后生"原理，更是"发挥有待挑战"原理。

人生不要怕挑战，怕的是不能面对挑战。

看球，每一次赢球似乎大体都能说清楚，包括对方失误送来的分，你都能看明白。而忽然连输数分，你会觉得莫名其妙，毫无道理。因为你对己方赢球是有心理准备、有要求的，当事者也是有计划的，而己方的失利，对你则是计划外的，是无意求输硬是输——输于不经意间，输于一时恍惚，输于瞬间的走神。这是胜负不平衡原理。

我还有个怪想法，可不可以做任何事都有两套计划？一个关于胜利，一个关于受挫。

运动员是辛苦的，但我更同情教练。

教练多半是严肃的、沉重的、心有忧患的，他或她有时临场叫停，嘱咐两句，运动员的表情并不像多么听得进去的样子，但是叫停仍然能起很大的作用——问题不在于面授机宜，而在于改变一下比赛的节奏。

问题是，人生中应该如何适时叫停呢？这是"尽责、坚持与叫停"原理。

球赛当中，每一个球的成功与不成功，都带有偶然因素，我们还常用"运气球"这个词，令人艳羡却又颇不服气。

我试过多次，只要我一感到比赛的某一方运气真好，风水就会轮流转，不走运一方的运气就来到了。运气，是机缘，大体上属于数学上概率论的范畴，而概率论里讲究"大数定理"，就是说，只要比赛时间足够长，仅仅靠运气定输赢的可能性就非常小。

如果你抛一次硬币，其正面朝上的概率是50%，但如果抛100次甚至1000次呢？正面朝上的概率其实还是50%。所以欧美有人说数学是上帝的语言，而按照中华文化，这就叫道法自然，天道有常，天公地道。

这是"公平公正"原理。

但是有的运动员在获胜后连连说"我很幸运"，这也极可爱。这是风度，这是礼貌，这也是"谦虚使人进步"原理。但这同样是事实：你不说，事情也有这一面。

这是"运气总会有一些，胜者不必太猖狂"原理。

我特别喜欢看的一个场面是比赛时拼得像灵魂出窍，比赛结束后双方热烈拥抱，或者至少握握手，至少互相拍一下手。

我认为地球的未来要靠竞争关系，也应该是友好关系，竞争是友好交流的一个重要

方面。我不愿意看到比赛结束后胜方牛得像要杀人，败方惨得或气得要自杀的场面。

这是"竞争归于友谊"原理。

有些年轻运动员，有些"黑马"，一上来，其精彩表现令人不禁欢呼。噼里啪啦先赢一场两场，对方的老运动员勉强招架。但到决胜局，新星突然崩盘，老运动员如有天助，以悬殊比分获胜。

越到紧急时候越可看出真本事，越到决胜局、决胜分，越可看出谁的功底深。这是"决胜见真功"原理。

当然，也有"黑马"一出手就爆冷大胜的情节，这是"世无常胜，新旧交替，逝者如斯夫"原理。

甄语录 用什么样的态度生活，决定了我们的生活状态。

我为什么要生气

□ 黄 桐

有一次，有个朋友告诉我，她到某家餐厅吃饭，遇到一个态度非常恶劣的服务员。只是，她说这件事的时候，语气里不但没有丝毫的愤怒，反而露着怅惘，让我有点儿摸不着头脑。

于是，我好奇地问："遇到这样的服务员，难道你不生气吗？"

"不会啊，我为什么要生气？我反而觉得那个服务员有点儿可怜！"她叹了一口气。

"可怜？为什么可怜？"我越来越听不懂。

"她用这样的态度工作，不难想象她一定很讨厌自己的工作。"朋友解释，"她讨厌这份工作，却还要天天做，难道不可怜吗？"

"科学失误"也有价值

□ 沈 栖

甄语录 谈论失误并非什么不光彩的事情。只有在不断容错、辨错、纠错中，人们才能愈加接近真理和真相。

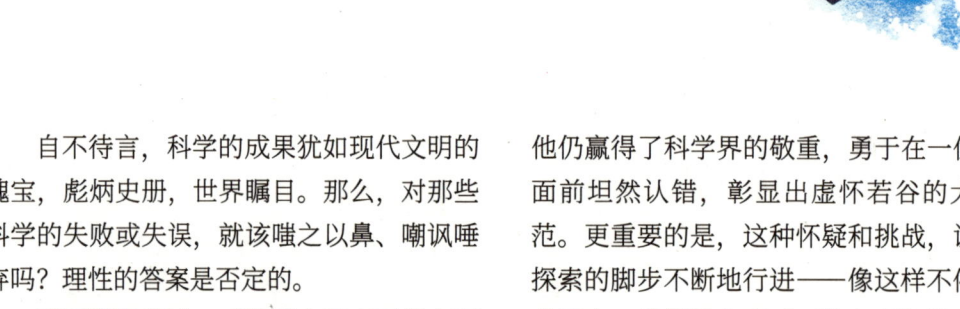

自不待言，科学的成果犹如现代文明的瑰宝，彪炳史册，世界瞩目。那么，对那些科学的失败或失误，就该嗤之以鼻、嘲讽唾弃吗？理性的答案是否定的。

爱因斯坦说过："世界上只有两样东西可能是无限的，一是宇宙规律，二是科学失误。"其实，这两个"无限"有着密切的关联，宇宙规律要靠持之以恒的科学实践去探索，只有包括科学失误在内的科学实践才是发现和运用宇宙规律的不二法门。

爱因斯坦的经历证实了这一点。1929年，获得了诺贝尔物理学奖的爱因斯坦提出了一个万物之理版本，将物理学归结为一个定律。具有"上帝之鞭"雅号的29岁物理学家泡利挑战权威，他对爱因斯坦说："你的这个理论是纯数学的，与物理现实无关。"并预言："你会在一年内放弃。"果然，爱因斯坦不到一年就放弃了这个版本。并不甘心的他分别于1931年1月和10月相继提出两个更新版本的万物之理，结果也都以失败告终。爱因斯坦在事实面前公开认错："提出万物之理是我一生中最大的失误。"但是，他仍赢得了科学界的敬重，勇于在一位后辈面前坦然认错，彰显出虚怀若谷的大师风范。更重要的是，这种怀疑和挑战，让科学探索的脚步不断地行进——像这样不停地探索下去，我们就会离"万物之理"的真相越来越近。

也许是为了表彰科学实践精神，也为了纪念那些因科学失误而捐躯的人，1994年，斯坦福大学设立了"达尔文奖"，此后年年在世界范围内"评奖"。查看历年获奖者的事项有：发明用手枪玩轮盘赌博，却没有分清左轮手枪和半自动手枪的区别；用打火机照亮燃料槽来确定有无可燃性挥发气体；为了拍高空急降而不背降落伞跳出机外……达尔文奖的意义，与其说是充斥着黑色幽默，不如说是在向被"自然法则"淘汰者致敬——他们的实践富有创造力和执行力，只是用错了时间和地点。

在探索和认识宇宙规律由必然王国走向自由王国的进程中，科学失误是常见的现象。人们对科学失误自有一个甄别、智辩和纠错的过程。有些科学失误在当年可能被视为"真理"而名噪一时,一旦败露则声名狼藉。即便如此,人类也要予以正视,因为它为宇宙规律的发现付出了代价。前不久,享誉科学界的《自然》杂志从创刊150多年以来发表的10万多篇论文中,精选出300篇代表作,出版了《〈自然〉百年科学经典》丛书。丛书编辑毫不避讳自己杂志的"污点",收入了不少"为科学失误张目"的论文。如20世纪60年代发生的"聚合水"事件,有科学家撰文声称发现了一种超黏滞状态的水,导致近十年内,世界各地不少科学家都"纠结"于这项研究,结果被证明是重大的科学失误。"经典"的科学失误不失为极好的反面教材,亦有其价值——只要它是通过科学方法发现或推论得出的。

科学的进步,时刻伴随着失误。谈论失误不是一件不光彩的事情,只有在不断容错、辨错、纠错中,科学才能越发昌明,愈加接近真理和真相。恰如英国剑桥大学动物病理学教授贝弗里奇所说:"在进行科学探索时,对严重谬误论见的揭露,其价值不亚于创造性的发现。"——因为"严重谬误"与"真理"之间,可能只有一步之遥。所以,之前的那些所谓"失误",也许是科学通向真理的桥梁。

甄语录 皇冠有时也只不过是一些杂草。

皇冠与杂草

□漆宇勤

威严的加冕典礼,隆重的授印仪式。之后,皇冠或印章便有了神圣的意味。一旦拥有它们,很多人物便跟着显得神圣起来。然而每次看到这些人物热衷于炫耀帽子和印章给自己带来的权威时,却总让人不由自主想起另外一些动物来。

在野生的麋鹿群之中,每年夏秋之季都会爆发一场王位之战。战胜者可以拥有王者的统治地位,同时拥有自由享用群落中所有母鹿的交配权。

这是自然界的规律,并没有什么特别之处。让人感兴趣的是,获胜的鹿王在夺得王位之后,总是会挑起地上的杂草或枯枝等其他杂物顶到自己强有力的犄角之上,然后在自己的鹿群中炫耀几圈,受用着群鹿看着自己头顶上的杂草温顺后退的美妙感觉。

这些杂草的意味,与人类社会中的皇冠倒真有几分类似。

拥有这些杂草或"帽子",便有了生杀予夺的威权。也怪不得这么多的鹿要对它顶礼膜拜了。

——可是我们都忘记了,原来皇冠有时也只不过是一些杂草。

成长也需要断舍离

> **甄语录** 金钱就是时间，就是生命。不要为了不必要的物质而浪费金钱，虚掷生命。

梭罗的账单

□ 陆其国

  1845年美国独立日这天，梭罗搬进瓦尔登湖畔他亲手打造的小屋，以此宣告他个人生活的独立。他在这里写出了《瓦尔登湖》，这本书是他直接阅读自然和人生的心得，字里行间流露出这位崇尚大自然的作家对生命的无比热爱。

  在这部充满哲思的散文著作开卷的"经济篇"中，梭罗向读者晒出了几份账单，而且账单上的数字精确到小数点后几位。这些账单后来成为梭罗日常生活中的档案的一部分。

  在第一份账单上，梭罗详细地列出了造屋的全部费用，共13项28.125美元，略低于当时剑桥大学单人学生宿舍一年的住宿费；第二份账单是梭罗第一季度的全部收支，开销后尚有结余8.715美元；其余几份皆为头八个月的结算，除去衣食住行的支出总数，差额正好是现已成为不动产的房屋的价值。

  这样的日常生活中的档案说明了什么呢？它们表明梭罗不仅能养活自己，还能充分享受其他农人不敢奢望的闲暇、独立和健康。

  梭罗似乎正是想以此告诉读者，如果一个人能满足于基本的生活所需，根本用不着整天疲于奔命忙于攒钱，以至于终日惶惶不安，迷失在自己制造的种种需求中，在物质的罗网里苦苦挣扎，最终只是物质占有了他们，这就是人的物化。梭罗评价这样的生活为"沉默的绝望"。"看啊，"梭罗写道，"人们已经变成了他们的工具的工具。"他们"满载着人为的忧虑，有忙不完的粗活，却不能采集生命的美果……一天又一天，找不到空闲来使自己真正完整无损；他们无法保持人与人之间最勇毅的关系……除了做一架机器，他们没时间来做别的"。为此，梭罗通过向人们呼吁生活方式的"简化，简化，再简化"，获取生活真谛。

  引人深思的是，梭罗阐述他的这一富有哲思的理念，不是通过简单的说教，而是通过晒日常生活中的档案——账单来切入。难怪有研究文化的学人对此感慨道："当人们说到'时间就是金钱'这句名言时，似乎窥到了生命的奥秘。然而梭罗要提醒人们的，恰恰是它的逆定理：金钱就是时间，就是生命。不要为了不必要的物质而浪费金钱，虚掷生命。"此话值得深思。

> **甄语录** 人常常被自己的所爱伤害。爱之深，失之痛，所爱便成了一个人的死穴。

物性之愚

□迁夫子

《古今笑》中有一则《物性之愚》，其中有两种愚蠢的动物。其一是白鹇。"白鹇爱其尾，栖必高枝。每天雨，恐污其尾，坚伏不动。雨久，多有饥死者。"白鹇是一种名贵的观赏鸟，翎毛华丽，叫声喑哑，有"哑瑞"之称。但是它太爱惜自己的尾巴了，下大雨时怕弄脏尾巴，趴在树上一动不动，终致冻饿而死。漂亮的羽毛脏了，还有恢复美丽的可能，性命一旦失去，却不可复生。尾羽和生命，孰轻孰重，白鹇搞不清。

其二是鲥鱼。"鲥鱼入网辄伏者，惜其鳞也。"鲥鱼是一种名贵的鱼，肉质鲜美，号称"长江三鲜"之首。一般来说，鱼入网中，大多都会拼命挣扎，以挣脱渔网的束缚；哪怕被抓入手，也要奋力一蹦，以求逃脱。鲥鱼却不蹦，只要入网就一动不动。鲥鱼太爱惜自己的鳞甲了，所以苏东坡称它为"惜鳞鱼"。入网挣扎蹦跳，虽然会掉落几片鳞甲，但毕竟还有逃生的可能，若为几片鳞甲丢掉性命，就太不值当了。

从人类的角度来看，白鹇爱尾、鲥鱼惜鳞，实在愚蠢可笑。然而嘲笑物性之愚的人类，似乎都能在这两种动物身上，找到自己的影子。

有人如白鹇，过分爱惜自己的"羽毛"，结果"羽毛"虽漂亮无比，但成了累赘；有人如鲥鱼，舍不得鳞片大的利益，却付出更惨痛的生命代价。人性的愚蠢之处在于过分地"惜"。惜，不舍也；有所惜，便有了致命的弱点。舍不得和放不下是人类的通病。有的人如蝜蝂，走一路捡拾一路，也便背负一路；明明已经不堪重负，依然聚敛不停，从而自取灭亡——被自己舍不得、放不下的东西压垮。

人常常被自己的所爱而害，爱之深，失之痛，所爱便成了一个人的死穴，白鹇爱尾、鲥鱼惜鳞，皆如是。

成长也需要断舍离 甄选集

甄语录 按部就班有按部就班的自律，打破常规有打破常规的惊奇。生命之所以美好，一个重要的原因即在于体验的丰饶。

跑步时，该听点儿什么

□ 修红宇

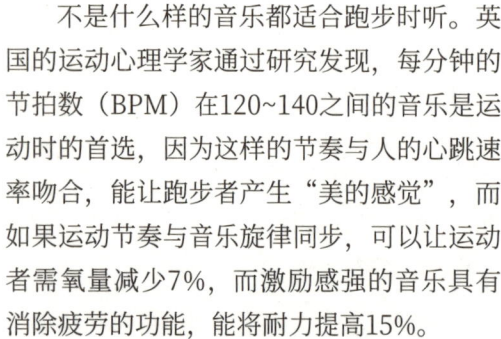

不是什么样的音乐都适合跑步时听。英国的运动心理学家通过研究发现，每分钟的节拍数（BPM）在120~140之间的音乐是运动时的首选，因为这样的节奏与人的心跳速率吻合，能让跑步者产生"美的感觉"，而如果运动节奏与音乐旋律同步，可以让运动者需氧量减少7%，而激励感强的音乐具有消除疲劳的功能，能将耐力提高15%。

据说，埃塞俄比亚长跑运动员格布雷西拉西耶之所以能创造世界纪录，就是因为他根据爵士乐天王约翰·保罗·拉尔金的歌曲《快嘴约翰》来把握节奏，这首歌非常符合他的目标步频。

该怎样测定一首歌的BPM呢？比利时的运动专家们认为：如果想跑步加速，就听嘻哈音乐；如果想跑步减速，就选爵士乐。总之，旋律变化多端的曲子适合悠闲地跑，强音、重音明显的曲子适合痛快地跑。

村上春树的选歌法是：跑步训练时听摇滚乐，像"疯街传教士"，而慢跑时听有着简单而自然节奏的歌曲，像"清水合唱团"。酷爱跑步的"五月天"乐队主唱阿信，曾在自己的博客中公布了一份"跑步歌单"：有"枪花""Mr.Big（大先生）""MagicPower（魔幻力量）"的歌，也有"五月天"自己的歌，还有阿信担当制作人的歌手丁当、S.H.E的歌。跑步时因为有这些歌的陪伴，阿信说："枯燥的时光，转变成了曼妙的旅程。"不过，旅程中闪现出的"广告牌"，有一点点煞风景。

还有跑友将可选择的跑步音乐分为三类：快歌、劲歌和紧拉慢唱的歌，如果用咖啡来比喻的话，快歌是香浓的摩卡，劲歌是灌顶的Espresso（蒸馏咖啡），紧拉慢唱的歌是顺滑的拿铁。有喜欢"拿铁"的跑友，选张震岳的《就让这首歌》来跑步，在短短的3分47秒之内，随着歌词的递进起伏，经历了跑的小憩、蓄势、加速、调整、冲刺、放松的全过程，他由此总结："一首富于故事或情绪变化的歌曲，能让人跑出情节来。"

然而，并不是只有听着歌曲才能跑出"情节"。斯诺克天才奥沙利文也是一位跑步爱好者，有一天，他实在找不到该听的音乐，就摘掉了耳机，而不戴耳机跑却给了他不一样的感受，让他明白："出去跑步的意义在于聆听鸟鸣，感受双脚撞击地面的节奏，这对我是一种心理治疗。"

> **甄语录** 人的心志很容易在瀑布流般的诱惑下水滴石穿，许多事情请学会停下来。

瀑布流下的我们

□ 戴帽子的鱼

在以前的工作中，我曾经参与过一个小程序的设计项目。小组讨论软件界面布局时，组长问："我们是采取翻页式还是瀑布流呢？"

翻页式就是把内容划分成一页一页，用户点击页码才能进入对应的分页内容。

当时我刚进公司，不太明白什么是瀑布流，也不怕暴露自己的无知，就好奇地请教。组长友善地解释说，瀑布流就是用户往下滑动时，页面不断加载出新的内容，就像瀑布一样奔流不息。

我顿时反应过来，因为我平常限制自己的上网时间时，总是会硬性规定自己翻到多少页就结束。但如果遇见瀑布流这种布局，轻轻一滑就有新的内容载入，我便失去了界限，很可能会一直滑下去。

因为同样是向下滑，让我一下子联想到波伏娃的一句话：她不被要求奋发向上，只被鼓励滑下去到达极乐。当她发觉自己被海市蜃楼愚弄时，已经为时太晚，她的力量在失败的冒险中已被耗尽。

生活中也不乏瀑布流式的诱惑，奔流不息又难以戒掉。随着社会的发展，我们的各类需求被不断满足，好吃的、好玩的东西越来越多。并且伴随着科技的进步，大数据更容易了解我们的个人偏好，攻略人心越来越有迹可循。一切变得更有趣，却也越来越让人着魔，瀑布流式的诱惑，淋一时半会儿没什么，但时间久了，湍急的水流可能会把人冲到人生谷底。在这个世界上，不只好事拥有水滴石穿的力量，亦正亦邪的事同样如此，人的心志，很容易在瀑布流般的诱惑下水滴石穿，但我想来想去，面对这种瀑布流也不用怕，人生在世，我们每一个人都不可避免地被各种各样的诱惑包围着，远离它不现实。不如想想怎么像武林高手一样顶住它的冲击力锤炼自己，知道适时停下来。

许多事情请学会停下来。在你承受不起的时候停下来。在你察觉危险的时候停下来。在你意识到时间流逝，而自己却一无所获的时候停下来。

因为如果不停下来的话，刚开始是乐呵呵地划水，然后是略微歉疚地下滑，时间久了，就会变成一种沉沦。

成长也需要断舍离

> **甄语录** 要想在某个领域有所突破，必须在其间深耕。从"有我"之境到"无我"之境，才算真正学成了。

纪昌学射

□ 五 月

纪昌学射，是《列子·汤问》中的寓言故事。其中有两个桥段，很值得我们深思。

纪昌学射于飞卫。飞卫一开始没教他射箭要领，而是让他练习看东西不眨眼，视小如大。纪昌用牛尾毛拴住一只虱子，挂于南窗，远远地看着它。他就这样目不转睛地盯虱子，盯了好几年。直到有一天，他眼中的虱子有山丘那么大了，然后他用自制的弓箭向它射去，结果箭正中虱子中心，而牛尾毛却没有断。这时，纪昌跟飞卫报告，飞卫说：你学成了！

这告诉我们：任何技艺，要达到炉火纯青，必得有恒心，下苦功夫。所谓"台上三分钟，台下十年功"，诸多看上去很"凡尔赛"又号称"零失败"的做菜、写作、书法等秘籍，并不是你看上三两分钟的视频，就掌握得了的。你要想在某个领域有所突破，必须在其间深耕，且将之做到极致。

那么，技艺达到极致的状态是什么样的呢？无我。若是绘画创作，每一笔都如有神助，画成之后，连自己都恍然惊叹；若是音乐创作，每个音符都如天籁，曲成之后，让人感觉牵情动意……无我的创作状态，似乎有一种神秘力量在支配着自己，让你不由得去那么做。这个时候的人，完全沉浸在技艺施展的自由境界之中，已没有任何名利得失的观念。

纪昌学射的结尾，就体现了这种状态。纪昌学成之后，想要当天下第一射手，便欲除掉飞卫。两人相遇，开始将箭屡屡射向对方；但是每一次，两箭都在空中相撞坠地。最后，飞卫的箭没了，纪昌还剩一支。纪昌毫不留情地将其射向飞卫。飞卫情急之下，拿一根棘刺将箭挡下了。两人相拥而泣，认为父子，发誓不再于人前显此射术。

从想当天下第一射手，到不想让人知道此术，这便是纪昌从想扬名的"有我"状态到"无我"状态的转变。这时的他，才算真正学成了。

甄语录 凡事都有临界点，做什么都别过头。正所谓"过犹不及"。

飞机"抬头"的角度

□ 安鲁明

众所周知，飞机在向上爬升时，都会呈现抬头的姿势，但很少有人知道，抬头的角度里竟然隐藏着"保命"的科学。

2009年，法航447号航班在航行途中遇到极端雷暴天气。飞行员试图让飞机上升躲避突如其来的异常，但无论如何操纵拉杆，飞机都"不听话"，不但没有上升，反而以每小时200千米的速度急剧坠落大海，机上228人全部遇难。

事后，官方从飞机的黑匣子中解读的信息表明，飞机遇难前曾产生了3分30秒的失速。所谓失速，通俗来讲就是飞机抬头的角度过大，超过了临界状态，导致升力突然大减，飞机失去控制。

法航447号航班事故发生前，客机自动驾驶系统自动停转。机上的两名飞行员在慌乱状态下做出了致命的操作——在拼命拉杆的过程中，飞机抬头的仰角变得越来越大，直到某一刻突然超过了临界状态，飞机立刻产生了失速现象，急剧坠毁。

那么，飞机的仰角要控制在多少度以内才不会失速呢？

不同的飞机有不同的要求，就我们平时乘坐的客机而言，当飞机爬升时，机翼允许的最大仰角只有15度，如果飞机抬头角度过大，就会产生失速。

失速背后的原理还要从飞机的升力说起。飞机之所以能够飞起来，源于机翼的上下表面存在压强差，下表面压强较大，将飞机"顶"了起来；而压强差的产生源于机翼上下表面的空气流速差，机翼上表面的空气流速更快，流速越快的地方压强越小。

然而，当飞机仰角过大时，情况就不一样了，机翼上方的空气将不再紧贴着机翼表面流动。我们拿水流来做类比：当水从地平面进入一段较平缓的斜坡时，往往是紧贴着斜坡流走的；但是当我们不断增大坡度，直到某一刻，水流到斜坡处时，就不再紧贴着斜坡表面流动，而是直接冲出去。

当飞机仰角大过一定的角度，机翼上方的空气将翻过机翼前缘，直接飞走，而不再紧贴着机翼上表面流动。由于上下表面流速差的骤变，飞机在高空中升力骤减，从而导致了法航447号航班坠机悲剧的发生。

这就是飞机失速的惨痛教训，或许我们还可以从中学到一点儿生活经验：凡事都有临界点，做什么都别过头。

甄语录 做完，不是烂尾，不是半桶水晃荡，不是心有余而力不足，而是致力于努力和成长，把一直在做的事做到最后。

"做完"就好

□ 刘荒田

临睡前读《随园诗话》，被其中一则害得失眠："小秋妹婿张卓堂士淮，弱冠以痨疾亡。弥留时，执小秋手曰：'子能代理吾诗稿，择数句刻入随园先生《诗话》中，吾虽死犹生也。'"年纪轻轻就死于痨病的书生，最后的愿望是请代他整理诗稿的人，设法让袁枚把他的诗作收入《随园诗话》。这本诗话在当时名气已大得不得了，天下诗人，或亲身，或托人，源源不绝地把作品送到随园。诗话中多处提及这一"盛况"，袁枚不堪重负，频频叫苦。他自有标准，要求严苛，不是谁都跃得了这个"龙门"。好在，对早逝的张卓堂，袁枚"怜其志而哀其命"，便真选了"数句"。

我在昏暗中对着天花板，想到两个字：做完。张书生临终前，把"做完"定义为"有诗入《随园诗话》"，其逻辑该是这样：《随园诗话》一定不朽，而经袁枚的法眼，把自己的诗作纳入其中，"我"遂"虽死犹生"。古人所推崇的立德、立功、立言"三不朽"，能争取到最后一个，泉下当感欣幸。进一步想，人生的"完"即了结，谁都轮得到，放之四海而皆准。问题是"生"这个躯壳内有的是内容。实的是日逐日的生活，虚的是记忆、思考、情怀、梦。到了人生后半段，如何"了"才算有所交代？我想起和卧室距离不过数米的后院，那里有三种植物，算得上三个"完结"的象征。

第一种是栅栏旁边的枫树。这种枫树叶子常年呈褐色而不坠，树形矮小而娉婷如少女，我早就想种一棵，苦于买不到。后来经友人指点，网购一棵。收到后，才一尺高，极纤弱。好不容易栽下，一个月后便枯死了。先天不足，水土不服，属于早夭，可拿来譬喻半途而废的一类，备受压抑，加上自身定力不足，潜能来不及滋长就失去了生机。

第二种是柠檬树，移栽后第一年就落尽叶子，萎了，差点被我拔掉。次年春天，干枯的枝条冒出两枚鹅黄色的芽尖儿。一场微雨，树干由黄黑变成淡绿，叶子次第长出。这是历劫而生还的一类。它虽然活过来了，但不蓬勃，让我想起"蔫人"。行动能力有限，凑合着过下去。于他们而言，"做完"不成问题，因为压根儿"无为"。他们在晚年无嗜好，无奔头，只被动地应付逼近的病痛和无聊。

第三种是南瓜。粗壮的藤蔓透迤墙头，黄花灿灿照眼，蜜蜂捧场，小瓜一下子结了十多只。一个月后，完成淘汰，只剩两只最大的瓜。如今，瓜沉着地蹲在叶丛间，一天比一天胖。可以预期，到了金秋，它们可重达数十斤。前提是无意外，如恶劣天气、虫害以及人为过失。南瓜提供的是"做完"的榜样。首先是生命力强大，你在旁赞美或诋毁，它都不理会。完整地经历从萌芽、成长到结果的过程，是外物难以遏制的使命。其次是主次分明，有所舍弃，以求最后的丰盛。

总之，做完，不是烂尾楼，不是半桶水晃荡，不是心有余而力不足，是南瓜就致力于长大。如果说，歌手最美丽的"做完"是在舞台上谢幕时，掌声如潮水般涌来，他鞠躬却起不来，就此撒手；那么，把一直在做的事做到最后，于凡人就不是太奢侈的要求。

有人说，做完又怎么样？谁欣赏你？《随园诗话》中另有一则说，有人老称赞自己的诗，很讨人嫌，但一老于世故者说："勿怪也。彼自己不赞，尚有何人肯赞耶？"努力对镜自我赞美就是。

> **甄语录** 虚荣和自负很难说是一种恶行，然而不少错误皆围绕虚荣和自负而生。

自负的人

□[法]拉布吕耶尔　译/程依荣

梅里佩是一只披着各色羽毛的"鸟"，但这些羽毛不是他的。他不说话，也不思考，他只是重复别人的情感和话语。他对别人的思想一知半解，常常张冠李戴。而且他在重复别人刚才的讲话时竟以为在阐述自己独特的见解。

同他这种人在一块儿一刻钟还可以，再长了他就支支吾吾，前言不搭后语，把些许的记忆力赐给他的微弱光芒丧失殆尽，露出他的本相。

唯独他本人不知道他距离崇高和英豪是多么遥远；他无法理解人们的才智可以达到多么高的顶峰；他天真地认为所有人都同他一样平庸，所以他的神态、举止表明他认为自己在这方面的英才比起谁也不逊色。

他经常自言自语，而且当着别人的面；人们看他仿佛时刻在运筹帷幄，决断机要。如果你向他致敬，他会显得困惑，不知道是否应该还礼；而他还在犹豫不决的当儿，你已经走开了。

他的虚荣心使他钻入上流社会，使他成为一个超过他能力的人，一个他不配做的人。从他那副神气，看得出他一心记挂着自己的外表，他知道自己的衣服很合身，他的打扮很入时；他以为所有的眼睛都望着他，以为人们摩肩接踵，以一睹他的风采为快。

> **甄语录** 技术是人的延伸，不想被技术淘汰，请保持离线生存的能力。

拥有离线的能力

□ 闫肖峰

科技昌明真好，不用多少技能，就能即刻享用一切便利。比如不辨东南西北，凭导航你照样敢去地球任何角落。

然而，假如我们把全身心都托付给人工智能，那还要老司机干吗？还要专家门诊干吗？现在医患矛盾突出，阴谋论认为医生多开药就是为了多拿提成。现在真有患者认为与其白花那么多钱和时间，不如请人工智能来开药方，人家可是通过万亿次计算得出的最佳药方。

医药界自然不认可这样的说法。人工智能可以帮医生作病况分析，降低医生的工作量，只是辅助不是取而代之。可惜，风投界预测这种替代是迟早的事。比如IBM（国际商业机器公司）的人工智能"沃森"机器人能根据大数据，准确论断患者的病症，而且能给出最佳治疗方案，让有些乳腺癌患者免做切除手术，缓解了不少女性患者的忧虑。

无疑，未来正一步步逼近。至少在医药界，化验师、胸透师这类职位正面临淘汰。长途运输、电商配送的自动化也正在路上。前卫的警告是，数字化不会苦口婆心地劝你加入，数字化是不由分说地拉你我进入它的旋涡，等我们发现自己的价值越来越小，甚至可有可无，为时已晚。

这种技术激进主义激发无限想象。未来，汽车不用你开了，因为有自动驾驶；商店不用售货员了，因为有无人零售；只是吃饭还得自己吃，但吃什么、吃多少，人工智能给你意见。相信医生也将被一步步在不知不觉中被取代，今天把检查交给机器人，明天把治疗交给机器人，甚至手术都交给机器人。还医闹个啥呢，跟机器去闹吗？跟系统去闹吗？

对，跟系统去闹！智能系统需要人们去闹以便纠偏校正。这两年有个词很热，叫"困在系统里"，我们正像那位自以为得意的外卖小哥，偶尔抄了回近道就被系统记下，下次缩短配送时间。反复几次，我们始终还是"困在系统里"，不得挣脱科技的魔掌。

未来等待我们的是什么？当所有场景都被人工智能代劳，人类就像麦克卢汉所说被"无痛截肢"，科技应用今天"锯掉"我们的腿，明天"锯掉"我们的手，最后"锯掉"我们的判断力，人类就成了不折不扣的

"废人"。

不要说某天小行星撞地球,只要一次黑客攻击,没有了导航就不会开车,没有了外卖就只能吃泡面。人就变成了一个对系统深度依赖的肉球,只有手指滑一滑下指令的能力。想想人类永远被剥夺生存能力的前景,是可怕的。到那时,会开手动挡、不用导航就能把车开回家的人就是幸存者。

所以,忠告各位,一定要培养与人工智能反向的力量来防止这一天的到来。就是说,一定要保留离线生存能力,预防被"锯掉"的那天。我佩服那位不听导航的司机,即使被导航不断警告"你已偏航"还是坚持走最短的路。这种判断力和方位感在未来是宝贵的能力,那是离线的能力,回到原点的知识和技能。

技术是人的延伸,人怎么能被延伸取代呢?请保持离线生存的能力。

甄语录 在人生的终点,巨大的挫折或伟大的成就,有时不过是微不足道的小事。

二十分钟

□[英]斯图尔特·弗兰克 译/王 悦

11岁的一天,我和爸爸照例出门去散步,经过一家殡仪馆门口的时候,爸爸突然停住脚步,问了一个莫名其妙的问题:"几点了?"我看了看表,告诉他是十点二十五分。然后爸爸问我看到了什么。"没什么特别值得注意的,"我回答,"一群人——大概150个左右,正排队进殡仪馆。""嗯,眼力不错。"爸爸满意地点点头,接着他提起别的话题。

说了快半小时,我发现他还没有离开殡仪馆的意思,就问:"我们要不要继续散步?"爸爸没有立刻回答我,却突然提出第二个奇怪的问题:"儿子,你现在能看到什么?"我向殡仪馆门口望去,刚才进去的人现在又排队出来了。"还是没什么特别的,"我耸耸肩,"估计是追悼会刚结束,进去的人已经出来了。"

"非常准确,"他说,"你看看现在几点了。"我说是十点五十分。爸爸点点头,若有所思地说:"对,人的一生总结起来也不过就这么长时间。"我疑惑地抬起头,问道:"什么时间?爸爸,我不明白您在说什么。"

"你看,追悼会上牧师会宣读悼词,也就是死者一生的总结。宣读悼词不过短短的二十来分钟,很多当时被认为是巨大的挫折或者伟大的成就,其实只是微不足道的小事,根本进不了这二十分钟。你长大以后,无论是沮丧还是得意的时候,都要想想我说的这句话,你将发现眼前的道路会变得开阔许多。"

> **甄语录** "留白"不仅是一种艺术,也是一种人生态度。给人生留一些"白",云淡风轻,才是真正的精彩。

"白"没白说

□ 熊代厚

"白"这个字是怎么造出来的呢?甲骨文的"白"字是一颗白米的形状,中间的一横表示米上的丝疵。也有人认为它是一个指事字,"白",从丿从日。"丿"是一个指向性的符号,在"日"的左上角,表示从"日出"开始。"从日出开始到日落前的天色",这种颜色就是白色。这样便引申出"明亮"的意思,如苏轼《赤壁赋》中的最后一句"不知东方之既白"。"白"又可引申为"清楚",如"真相大白"。

白,看上去是一个很普通的字,但在诗歌中,有时表达出一种特别的情感和艺术感染力。白居易《琵琶行》中写琵琶女在船上弹琵琶,先是大弦如急雨,小弦如私语。继而间关莺语,幽咽泉流。又反转成银瓶乍破,铁骑突出,最后一声四弦如裂帛。接下来"东船西舫悄无言,唯见江心秋月白"。突然之间什么声音都没有了,只有一轮明月高挂在天空中,这个"白",既是当时的月光,也是当时声音的空白,声音空白了,人们的内心却无限饱满,仍沉浸在她的琵琶声中,深深地被琴音打动,不能自拔。

白色是月光的颜色,容易让人想象在皎洁纯净无尘的夜中,月亮高挂朗照的样子。在古代中秋佳节,仕女们穿上月白色的衣裳,月光皎洁,面庞皎洁,这该是怎样美丽的景象?心理学家们说喜欢白色的人常有着纯洁善良的内心,这未必可靠。

白,既代表着纯洁善良,有时也象征奸邪和凶诈,在京剧表演中,曹操被称为白脸奸臣,他的脸谱就是白色的。之后的秦桧、严嵩也都是白脸,因为他们被定性为奸臣。

历史上的曹操,并不是戏中的白脸,也不是《三国演义》中的奸臣,他是一位伟大的政治家、军事家和诗人。罗贯中站在正统的封建立场,褒刘抑曹,曹操的形象被反转,成了一个"白脸奸臣"。

白脸在舞台中指奸臣,在生活中指长得清秀的男人,如白脸书生。后来又造了一个词,叫"小白脸",虽只是加了一个"小"字,意义却大不相同。

小白脸含有贬义,指那些在同居或结婚关系中,依靠女人养活的男人。当然,他要长得好,不然谁会养他呢?

你看齐白石的虾图也是这样,纸上只有几点墨虾,其他是大片的空白,但你又不觉得那是空白,而是满池的春水。有水,虾才是活的。

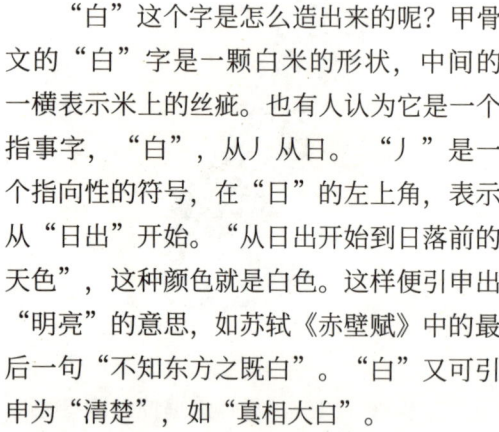

"留白"讲究着墨疏淡,空白广阔,它的精彩之处在于观者对作品产生遐想,从而去理解作品,但每个人的理解又不相同,这样,作品的意蕴就丰富起来,给人以美的享受。

书法也是如此。一张宣纸是白的,墨汁是黑的,白纸黑字,这是中国书法特有的表现形式。清代冯武说:"曰空者,即黑白分明也:一字有一字之空处,一行有一行之空处,一幅有一幅之空处也。"白为虚,黑为实,黑白之间,虚实相生,相得益彰。

何止是书画呢?你在居家装修中,真的没有必要把屋子塞得满满的,多留一些空闲之地,在喧嚣的当下,可以更自由地呼吸。

"留白"不仅是一种艺术,也是一种人生态度。人生不可活得太累,不必相处得太紧,不要处处逼迫自己。

给你的人生留一些"白"吧,云淡风轻,才是真正的精彩。

甄语录 命运无法预知,甚至不可抗拒。不管怎样,穿越命运的沙尘,我们会知道自己已不同以往。

沙尘暴

□[西班牙]阿兰·珀西　译/叶淑吟

卡夫卡在年轻时便问自己何谓人类的命运。一切都已注定?运气在哪里结束,选择又从哪里开始?我们能自由选择自己的人生,还是说我们是因果的奴隶?

走出文学,这位奥地利作家对日常生活的自由意志有什么看法?我们可以从他的话语中窥得一二:

"有时候,命运就像诡谲多变的沙尘暴。你可以改变你的方向,但是沙尘暴会抓到你。你再换个方向,沙尘暴还是会挡住你的前路。它玩弄你,犹如破晓之际你与死神一起跳一支不祥之舞。为什么?因为这个沙尘暴不是从远方吹来,并非与你无关。这个沙尘暴就是你自己,是你内心的某个东西。因此,你所能做的是认命,用力地踏进沙尘暴里,闭上眼睛,捂住耳朵,别让沙尘进入,然后一步一步地穿越它。那里面没有太阳,没有月亮,没有方向,也感受不到时间,只有骨灰一般的白色细沙在天空盘旋。这是一种需要想象的沙尘暴……

"当沙尘暴减弱之后,你不会记得自己是怎么摆脱它、怎么幸存下来的。你无法确定,事实上,你不会知道沙尘暴是否真的已经停止。但是有一件事显而易见,脱离沙尘暴后的你,跟穿越沙尘暴时的你,再也不是同一个人。"

成长也需要断舍离

甄语录 信息被包装成娱乐，常常为我们轻易关注。令人感到痛苦的，不是我们用愉悦代替了思考，而是我们不知道为何发笑以及为什么不再思考。

我把朋友圈关掉了235天

□丁泽宇

在关掉朋友圈的235天里，我彻底戒掉了随手拿出手机，点开微信，打开朋友圈，然后手指像僵尸一样不断下滑的这个习惯。

越来越密的网

赫尔曼·黑塞在《荒原狼》中这样写道："也许有一天，不管有无导线，有无杂音，我们会听见所罗门国王和瓦尔特·封·德尔·福格威德说话的声音。人们会发现，这一切正像今天刚刚发展起的无线电一样，只能使人逃离自己和自己的目的，使人被消遣和瞎费劲的忙碌所织成的越来越密的网所包围。"

在读到黑塞的这番话时，我尚未开始反省自己所处的状态，只是惊讶于黑塞对当代社会的预测。我将这番话摘抄下来，发在了社交网络上，隔一段时间，便提醒一下自己。

一次，我因为失眠，睁着眼一直到天亮，天亮后才因延缓而至的睡意昏昏睡去。等醒来睁开眼的那一刻，如往常一般，我开始不停地往下翻看朋友圈蹦出来的新消息，想要知道我睡着的这几个钟头里朋友圈发生了什么。

可是，600多个好友，我的新消息怎么都翻看不完。随着手指机械式地滑动，我越来越陷入巨大的恐惧当中。每多看一条消息，我的恐惧便会增加一分。直到最后，我整个人被这些巨大的信息流压得喘不过气来。

我没有想到，黑塞的预言成了真。每一个字，都像是在我耳边念叨。

一个实验：关闭朋友圈

那天，我就决定做一个实验。我将朋友圈关掉，想试试看自己究竟能够多久不用朋友圈。

第一次实验持续了大约28个小时。第二天下午四点钟，健身之后，我没有忍住，打开了朋友圈。随后又像以前一样开始刷新消息。我像是在沙漠里行走了三天三夜的人一般，如饥似渴地阅读着那些和我并不相干的消息。读累了，吃饱了，我重新关掉了朋友圈。这也是我最后一次看朋友圈里出现的消息。

不得不说，刚开始，非常不习惯。在闲

暇时下意识去摸手机,打开微信,点开朋友圈,这个动作已经成了一种肌肉记忆,不受大脑控制。

尼尔·波兹曼在《娱乐至死》中将传统的阅读行为与看电视做了对比。在过去的阅读行为中,由于阅读需要一个连贯性的动作,你需要长久地坐在那里并且保持思维的连贯性。然而电视却不是这样,电视可以将两个完全无关的东西放在一起连贯地呈现给观众,并且你完全不会因为上一秒播出了地震哀悼的节目,下一秒便跳出一则让人发笑的广告而恼怒。

只要你仔细观察,便会发现我们日常生活中所接触到的绝大多数信息和我们的生活没有丝毫关系。然而,令人恼怒的不是信息与我们有关与否,而是一种全盘僵化被动的思维模式。尼尔·波兹曼这样说道:"这就是为什么一个好的读者不会因为发现了什么警句妙语而欣喜若狂或情不自禁地鼓掌——一个忙于分析的读者恐怕无暇顾及这些。"

在尼尔·波兹曼写这本书时,社交网络尚未出现,尼尔·波兹曼拿来举例的对象还是电视。

回到孤独

没有了朋友圈,最大的改变是,我的生活重新变得孤独起来。我终于回归曾经很享受的独处当中。我的想法、精力和时间,都开始关注自我。因为不用再被别人的生活碎片不断地轰炸。

我不再追求一种刻意的逃离。过去身上带着一股都市人对生活逃离的向往,如今也没有了。因为即便是在闹市之中,当生活回归到自身这种状态时,这种所谓的心灵逃离也就不需要了。

关掉了朋友圈这么久,对我而言利弊皆有。但我成功地将一件本就不是太重要的东西,放回了它应在的位置上。

甄语录 天才多是由对事业的热爱而发展起来的,甚至可以说,天才的本质不过是对事情的热爱而已。

聪明不值钱

□田晓菲

宇文所安的父亲是一位物理学家,他常告诫宇文所安:聪明不值钱。

我认可这句话,但是我不认为聪明的反面是勤奋。事实上,我并不喜欢"勤奋"这个词,因为听上去充满"吃苦"的回声。古今中外不乏"没有痛苦,就没有收获"这样的陈词滥调,因为咬牙吃苦才得来的"收获"总是相当平庸、微小、可怜的。在我看来,真正的关键词是"热情":如果对自己做的事情满怀热情,那么做起来就充满乐趣,而做这件事本身就已经是极大的收获,更不用说那些看得见摸得着的收获了。

> **甄语录** 苦难常常把人逼到无奈和困惑的地步，可我们往往也因此得以最大限度地发挥自己的潜能。

不顺利会让你更顺利吗

□李 翔

如何看待不顺利乃至挫折呢？

先看一个心理学实验，下面有三道题：（1）球拍和球的总价是1.1美元，球拍比球贵1美元，请问一个球多少钱？（2）5台机器5分钟可以生产5个部件，那么100台机器生产100个部件需要多长时间？（3）假设一个池塘里，荷叶生长的速度是每天增长一倍，到第八天荷叶会把整个池塘覆盖，请问第几天荷叶能覆盖池塘的一半？

这三道题目非常著名，它们是耶鲁大学教授弗雷德里克设计的一个测试，叫"认知反射测试"。三道题目的共同点是，看上去非常简单，以至于你忍不住就要脱口而出答案，但其实它需要你停一下，运用自己的逻辑推理能力。弗雷德里克教授在美国的一些大学进行了这套认知反射测试。如果答对一道题算一分的话，麻省理工学院学生的平均得分是2.18分；卡内基梅隆大学学生的平均得分是1.51分；哈佛大学是1.43分。

后来，心理学家在普林斯顿大学重复了这项实验。不过，他们做了一个对比测试。第一次测试的时候，学生的平均得分是1.9分。经过调整后，他们进行了第二次测试，这一次学生的平均得分是2.45分。这个分数可以说是有显著的提高。

心理学家做了什么调整呢？很简单，第一次测试的时候，把问题正常打印出来；第二次测试的时候，把测试题的字体改为斜体，同时变成灰度字体，目的是让人不能一目十行，必须放慢速度，才能把题目读完。这种小动作，被心理学家称作"必要难度"。增加必要难度，反而有助于让人更加集中注意力，进而增加对事情的理解。

我相信你肯定听说过，不少名人都有阅读障碍症。阅读障碍症简单来说就是大脑处理视觉和听觉信息不协调，从而导致阅读和拼写困难。像维珍集团创始人理查德·布兰森、思科首席执行官约翰·钱伯斯、演员汤姆·克鲁斯、美国前总统小布什等，都有阅读障碍症。但是，他们都取得了所谓的成功，而阅读障碍有可能帮助了他们。为什么这么说呢？畅销书作家格拉德威尔通过采访给出了两个理由：

第一，一个人可能会因为患有阅读障碍

症,被迫去发展自己的其他技能。比如格拉德威尔采访的著名律师大卫·博伊斯,读写障碍,反而让他锻炼出了特别好的倾听技巧。他在法庭上,能很敏锐地通过对方的语调、语速、用词以及话语中的停顿,去发现对方是不是在隐瞒信息。

第二,一个人可能会因为患有阅读障碍,变得更有独立思考能力,或者说更特立独行。人天生就是社会动物,会很容易感受到来自周围人,尤其是跟自己差不多的同辈的压力。阅读障碍症患者因为从小就会被同龄人排斥,认为他们很笨,反而可能对来自环境和同辈的压力产生免疫。

格拉德威尔把这种不顺利反而带来优势的现象总结为"值得经历的困难"理论。"必要难度"再泛化一点儿,就是"值得经历的困难",一些人生中的苦难经历,反而让人产生了其他补偿性的竞争优势。

> **甄语录** 天下大事,必作于细。举一反三,求得底层逻辑,无疑是制胜之道。

航天中的"归零法"

□ 张拯宁

卫星在火箭上安装后,发射前,要有一位操作工程师钻进去做最后的检查。在一次任务中,现场的监督人发现操作工程师检查完毕出来后又钻进去看了一下,觉得奇怪。于是就追问他为什么要再进去一次。操作工程师沉默之后承认是自己感觉腰带剐蹭到了什么东西。原来,这位操作工程师的金属腰带扣和卫星主发动机发生了剐蹭,这可能导致严重问题的发生,甚至任务失败。补救吗?当然要补救。但是,补救之余必须多问一句:为什么之前也都是他来操作,也有腰带,但没有发生剐蹭呢?

原来,前段时间他丈母娘来了,家里伙食太好,这几个月他胖了很多。如何彻底解决此类问题?那就要修改工作规程,以后所有工程师都需要称体重、量腰围;进入现场时要安检;工作服的裤腰也改为松紧带的。出现腰带问题不能只解决腰带,还要举一反三,去研究其他操作环节。操作高压器件时会不会放电?手上的油脂会不会产生危害?需要戴什么样的手套?工作人员的头发会不会掉入精密仪器?这样一直追问下去,这个问题才算彻底解决。这就是"归零法"。

在航天工作中,只要发现一点儿异常,不管大小,必须从第一步到最后一步,逐一溯源,重新一一验证。无论问题表现为什么具体现象,都要不停地追问"为什么",揪出现象背后的本质,最终彻底解决问题。这种方法由于极为有效,已经正式成为国际标准。我们可以骄傲地说,"归零法"是中国航天发明的一种彻底解决问题的方法。

甄语录 在人生的剧场上，自己才是主角。别人的经验再好，最后一切还得靠自己。

指南针是优于地图的存在

□士 奇

桌子上放着指南针、地图。两个准备创业的年轻人站在桌旁。指导老师指着它们说："在提出意见前，我先出一道测试题：假如你们是两个野外探险者，指南针和地图不能全都带走，只能从中选择一个，你们会拿走什么？"

两个人议论开了，一个说指南针好，一个说地图好，莫衷一是。他们问："老师，您建议我们选哪一个呢？"

指导老师说："我建议你们选指南针。"

一个年轻人问："地图不是更好用吗？为什么选择指南针呢？"

指导老师说："和其他事物永远不会一成不变一样，河流、树林、道路、建筑总是不断变化，从来就没有一张地图能总是如实反映地上所有状况。可以说，地图从它被印制出来那一天起，就已经不完全准确了。地图一出生就已死亡，而地貌不会死亡，永远在变。地图是精细而封闭的系统，它会便利我们，但也会纵容我们依赖规则的行为。而指南针则不同，不管地貌如何变，它指向南方的特质永远不变，指向目标和方向的作用永远不变。它不会为我们描绘详尽的地貌，这正好为人的探索和创新能力的发挥提供了空间。指南针是简单而开放的存在，它会启示我们依靠自己，会引导我们突破原有框架，获得新的发现。"

两个年轻人有点明白，又有些迷茫。见他们如此，指导老师进一步解释说："从某种意义上说，创业是在社会、经济领域的探险活动，别人的成功经验和权威的指导意见好比地图，而努力方向和奋斗目标如同指南针。如果非得在两者之间选择，你们应该毫不犹豫地坚守努力方向和奋斗目标，舍弃别人的成功经验和权威的指导意见。因为，对勇敢的人来说，无论是社会、经济领域里的活动，还是在自然界的探险，指南针都是优于地图的存在。"

成长也需要断舍离 甄选集

甄语录 人只要自得，就没有谁能够妨碍到他的幸福。

修鞋的女人

□ 吴小冰

鞋修得多了，便和修鞋的女人熟稔起来。

每天早晨，她都准时来到街边的那棵松树下，轻轻地放下木板凳，摆上修鞋用的架子，然后熟练地打开工具袋，一天的工作准备就绪了。她的工具袋破破烂烂，可有两样东西却干干净净：一双给顾客穿的棉拖鞋，一把修好鞋后擦鞋的细毛刷。

不知是她的技术好，还是她的人缘佳，一般情况下都是客等她而不是她等客。只要她一坐下去，找她修鞋的人就走了上来。

上线六元，换底八元，擦油两元。她童叟无欺，遇上讨价还价的，她就将就些；遇到大方的顾客不用找零钱的，她也是高兴地接纳。她说："人都是感情动物，无所谓聪明和愚笨，不斤斤计较，也就过去了。我们干手工活的，多少都愿意赚。"她的话，纯朴而实在，却饱含生活的哲学。

她每天的生意都那么好，似乎总有修不完的鞋。相反，她对面的同行却门可罗雀，常常是眼巴巴地看着她忙得不可开交。修鞋的功夫，聪明的人也许学一阵子就掌握了，而做人的艺术，却是一辈子都学不够的啊！

修鞋的女人告诉我，她的丈夫在做建筑工，儿子在读大学，家乡还有一位八十多岁的老父亲，日子过得相当不易。

我仔细地看了看她的手，那是一双扎满布条、沾满油污且变了形的手；我看了看她的脸，竟然辨不出她的脸上是长满晒斑还是蒙上了尘土，比她略带褐色的眼珠还黑；我又看了看她的头发，竟然白的、灰的、黑的、褐的、黄的、红的都有，简直就像五色线。

我暗暗地感叹：这就是生活！为了生活，没有谁不用奔波劳累，不同的是，有人付出与收获相当，有人付出少收获多，又有人付出多收获少。

好在眼前这个修鞋的女人没有想那么多，一个忙得没有时间去想那么多的人，一定是快乐的吧！因为，她没有时间不快乐。

人啊，只要自得，就没有谁能够妨碍到他的幸福。

甄语录 当浮华和喧嚣的泡沫被历史过滤，天才和他们的思想终会穿越时光和文化的鸿沟，与我们相逢。

寂寞天才牛顿

□ 董洁林

如果问17世纪英国首富是谁，或者当时的世界首富是谁，绝大多数人肯定不知道。但我相信很多人知道17世纪是牛顿的时代。

牛顿是一个孤独而易怒的人，不仅终身未娶，朋友也很少，对成就和荣誉的守护比占地盘的愤怒狮王有过之而无不及，与同行一言不合就绝交。他埋头专注于科学研究，但对发表或出版其研究成果顾虑颇多，很多研究没有发表。他的大作《自然哲学的数学原理》也写得冰冷深奥、毫不体恤读者，据说当时世界上能读懂的不超过10个人。

牛顿也不是一位有耐心、愿交流的好教师。尽管顶着天才的光环，作为剑桥大学讲座教授的牛顿，课堂上学生往往寥寥无几。最后，他只得落寞地去了英国皇家铸币厂做厂长，业余时间独自做着神秘的炼金实验。

然而在不知不觉之中，这位孤独终老的天才，身后已经悄悄跟随了一些人。首先是那些与牛顿同时代的科学家，他们心中虽交织着对天才的羡慕、嫉妒甚至恨，却密切注视着他惊世骇俗的研究成果：微积分、万有引力定律、牛顿力学三大定律、白光的颜色……从而让自己能够"站在巨人的肩膀上"，去瞭望一个崭新而奇妙的自然世界。

1727年，84岁的牛顿去世，英国以国葬之礼将他安葬在王公贵族的墓地威斯敏斯特大教堂，抬棺椁的是两位公爵、三位伯爵和一位大法官，成千上万的市民默立街头为他送行。此情此景让当时初出茅庐的法国文学家伏尔泰目瞪口呆。他说："我看见一位数学教授，纯粹因为他的伟大才华，被当成爱民如子的国王来厚葬。"

一种有趣的现象是，无论历史上的天才们构建的前沿科技在当时多么艰涩难懂，他们身后的普通人拥趸队伍仍然越来越庞大，门生如浩荡洪流。现代世界每一所中学和大学的课堂上，亿万学子在聆听牛顿理论。

今天，很多人甚至把每一个从树上掉落的苹果都当成在向牛顿致敬。如果伏尔泰能够活到今天，不知又会作何感想。这就是真知的力量！当浮华和喧嚣的泡沫被历史过滤，天才和他们的思想会穿越时光和文化的鸿沟，忽略财富和权势的霸道，来到今天与我们相逢。

成长也需要断舍离 甄选集

甄语录 欲而不知止，失其所以欲；有而不知足，失其所以有。

瓦伦达心态与蜗蜮之累

□ 齐世明

瓦伦达心态是一个心理学术语。探究其源，却翻到一页令人泪目的史实。

1978年，波多黎各海滨城市圣胡安，以高超而稳健的演技闻名于世的美国钢索表演艺术家瓦伦达，将以73岁高龄在这里最后走一次钢丝，然后宣布退休。当晚群情沸腾。然而，从未出过任何差错的瓦伦达，仅做了两个平常动作，却从近70米高的钢索上一下跌落，成千古之恨。

事后，他的妻子噙泪道："这次表演对他而言太重要了，他就给自己加了许多重担，出场前就不停嘀咕，'不能失败，不能失败'……"由此，在做某一件事前，总是患得患失，而越在意的却越容易失去——"瓦伦达心态"，又称"瓦伦达效应"，由是而生。

无疑，"瓦伦达心态"会酿就一幕幕悲剧。笔者在叹息之际，油然想到唐人柳宗元的寓言小品《蝜蝂传》。蝜蝂，是作者杜撰的小虫。它善于背东西，爬行中一遇到东西，就抓取过来，背在身上。由此，一路上，它背负的东西越来越重，即使疲乏至极也不止步。人们可怜它，替它除去背上的物体。可是，如果它还能爬行，仍会不停地抓取物体，背负爬行。而且，它又喜欢往高处爬，用尽力气也不停止。所以，蝜蝂最终都会落个从高处跌落摔死的下场。

柳宗元为何杜撰出蝜蝂这样的小动物呢？柳宗元于公元805年被贬官永州，一困十年，如置一铁屋，远亲友，身屡弱。面对糜烂的官场，他就塑造了一个贪婪、愚顽的蝜蝂形象，借以讽刺吏道的黑暗和官场的腐败，一抒胸中块垒。柳宗元妙笔生花，通过描写蝜蝂善负物、喜爬高这两大特性，讽刺"今世之嗜取者"敛财无厌、追求名位、贪婪成性、至死不悟的心态与丑行，批判的矛头直指时弊："遇货不避，以厚其室，不知为己之累。"柳宗元以蝜蝂为喻，发出感叹：世上那些贪得无厌的人，见到钱财一点儿也不放过，却不知道财货会成为累赘；他们即使面临着从高处摔下来的危险，看到前人由于极力求官贪财而自取灭亡，也不知引以为戒。

从瓦伦达到柳宗元笔下的蝜蝂，鲜活的具象描绘出这类悲剧的主因：欲望忒盛，背上的包袱太重。这包袱是名欲，是利欲，是长寿欲……包袱多多，欲望种种。其实，有心皆有欲，欲望无错，而人一旦欲望无极限，就会跌进欲壑难填的深渊里。《史记》出语干脆："欲而不知止，失其所以欲；有而不知足，失其所以有。"嗜欲者，逐祸之马也。

甄语录 守住底线，不开贪婪之眼，不生贪欲之心，也就不会伸出贪腐之手了。

蒙上眼睛

□刘琪瑞

山东人喜食煎饼。吃煎饼就要推磨，以便把泡涨的粮食磨成糊糊，再摊在一面铁鏊子上烙制，烙出一张张圆亮亮、暄软软的煎饼，吃起来筋道香甜。

小时候，我最怕起早推磨。推磨是个辛苦活儿，也许是为了偷懒吧，我一推磨就犯眩晕症。后来，母亲买来了一头廉价的毛驴，专门用来拉磨，这下可好了，我们兄妹再不为推磨发愁了。

那头小毛驴很会干活，母亲给它套上"驴蒙眼儿"，也就是眼罩，它就很卖力地一圈一圈拉磨。虽然母亲贪便宜，买来的这头驴子有残疾，瞎了一只眼，可母亲照样给毛驴套上罩儿，将两只眼蒙上。

起初，我以为给毛驴套上"驴蒙眼儿"，是为了防止它拉磨晕眩，它也应该和我一样，转不了几圈就发晕吧。可有一次，我和弟弟闲得皮痒，套上那个"驴蒙眼儿"拉磨玩，刚转两圈我还是晕得慌——原来，给毛驴戴眼罩不是为了防晕呀！

我把这疑问说给母亲，母亲摸着我的头说："傻孩子，牲口拉磨不会晕，老牛大马小毛驴都不晕。""那为什么给它戴'驴蒙眼儿'呢？""小毛驴不老实，怕它偷嘴，伸进磨槽里吃糊糊。"我挠了挠头，又不明白了："可为何不把它的嘴套上，反而蒙住眼睛呢？"母亲笑笑说："等推磨时，我按你说的，套上驴嘴试试看吧。"

再拉磨时，母亲找来牲口笼头，给毛驴套上了，拉着拉着，小毛驴开始不老实了，经不住石磨上粮食、糊糊的诱惑，伸出嘴巴就想偷食，可它忘记了嘴巴被笼头罩住了。因为眼睛能够看到磨口上的粮食、磨槽里的糊糊，它就不断地想吃，一次次地伸进去，总也安不下心来，母亲抽了它两次，还是死不改悔。无可奈何，母亲重新找来"驴蒙眼儿"，把它眼睛罩住，这下毛驴看不见了，安静下来，老老实实地拉磨。

人们常说，眼睛是心灵的窗口。牲口也和人一样，见了美味就动心，管不住自己的嘴，忍不住就要偷吃。蒙上眼睛，也就蒙住了欲念，小毛驴也就绝了偷食粮食的心，安安静静干活儿，庄户人这种法子确实高明。

对人来说，有时也需要蒙上欲望之眼，眼不见心不烦，不会生烦恼，更不会像那首歌唱的："只是因为在人群中多看了你一眼，再也没能忘掉你容颜……"少了许多爱恨情仇。

有句老话说："莫伸手，伸手必被捉！"首要的，应该是守住底线，不开贪婪之眼，不生贪欲之心，当然，也就不会伸出贪腐之手了。

> **甄语录** 荣誉意味着过往，而未来只会走进明天。好在伟大的成就，绝不会轻易消失。

消失
□祁文斌

20世纪美国小说大师威廉·福克纳一天接到电话，得知自己获得了1949年度的诺贝尔文学奖，他反应平淡。他对围在他家院子外的记者们只说了一句话："这是莫大的光荣，我很感激，不过，我还是愿意待在家里。"

福克纳获奖的消息让密西西比州的牛津小镇一时炙手可热，大批游人慕名而至。一次，福克纳拿扫帚扫车道，一群游客没有认出他，问他有没有见过福克纳先生，福克纳说："没有，没有见过他。我在这里扫了一天的地了，就是没见到他。"

1962年2月，福克纳收到白宫的请柬，邀请他连同其他全美50位诺贝尔奖获得者出席约翰·肯尼迪总统主持的晚宴，福克纳答复说："我这个年纪已经太老，不宜跋山涉水去和陌生人一起吃饭了。"

福克纳爱喝酒、骑马、自由游历，却不喜欢社交活动，在精心营造的"山楸橡树别业"，他热衷于做个乡下人。在给马尔科姆·考利的信中，福克纳这样写道："我真实的抱负是，作为一个独立的个体从历史中消失，不留下任何痕迹……除了我写的那些书。"

原来，福克纳最大的爱不是"呈现"，而是"消失"：让文字呈现，让个人消失。

> **甄语录** 有时，安放的能力远比获取的能力更为有用。

安放
□林深

换季时，发觉满满当当的衣橱里，竟然已无几件中意的衣服。这让人百思不得其解：去年此时，究竟是如何穿衣戴帽的，怎么毫无印象？其实，荒芜的并不是衣橱，而是心头所好。旧的没能历久弥新，并非因为衣衫破敝陈旧，而是对当初新衣的乍见之欢已渐行渐远。

人有很多类似细微得不得了的感觉，他们并不明确自己缺什么，只是隐隐觉得属于自己的东西哪里不好。烦恼，也不是因为真的缺了什么，而是对已然拥有的对象不知如何妥善安放。时间一久，发觉安放的能力远比获取的能力更为有用。

甄语录 欲望过于强烈，就不再仅仅是对自己存在的肯定，反而会否定自己和他人的存在。

欲望之鞭

□北流客

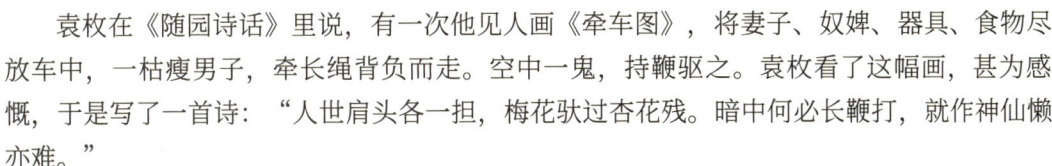

　　袁枚在《随园诗话》里说，有一次他见人画《牵车图》，将妻子、奴婢、器具、食物尽放车中，一枯瘦男子，牵长绳背负而走。空中一鬼，持鞭驱之。袁枚看了这幅画，甚为感慨，于是写了一首诗："人世肩头各一担，梅花驮过杏花残。暗中何必长鞭打，就作神仙懒亦难。"

　　人生于世，为了生计与前途，面临种种挑战，身背种种重负，稍加松懈，便有远落人后的危机感，所以袁枚说，就是神仙也别想偷懒。

　　人生的重负，有来自外部的，也有源于内部的，且源于内部的恐怕比来自外部的多些。《牵车图》里的空中一鬼，只不过是画家的突发奇想，真正的魔鬼，是隐藏在人心深处的心魔，一遇诱惑便会原形毕露，面目狰狞。人之所以活得累，不是被空中之鬼鞭打，而是被内心的欲望鞭打。欲望之鞭，使人沦为欲望的奴隶。

　　万丈红尘，衮衮诸公，多有贪得无厌之徒。假设以《牵车图》示之，不知有幡然醒悟者几何。

甄语录 人非有不一样的境界和理念，难有不一样的行动和作为。

超　拔

□陈仲义

　　诗人周梦蝶留下两个细节，很有意思。

　　周梦蝶吃饭极慢，朋友忍不住问其缘由。答曰："不这样，就领略不出一粒米和另一粒不同的味道。"

　　大病初愈后，周梦蝶获得了朋友捐助的一笔钱，结果这笔钱被人盗走。可是他盘腿微笑，不以为意。

　　超拔到那样，实在不一般。前者显示心细如针的艺术禀性，后者则表明人格修炼已近不食人间烟火。

甄语录 走一会儿神，会是一趟长长的旅行。踏上归程，现实往往因此有了不一样的色彩。

走一会儿神

□ 程　泽

走一会儿神，也是一趟短途旅行。

在乡下，见过扛着锄头在野地里发呆的人，见过坐在墙根下的太阳里走神的人。也在城里，见过对着电脑屏幕发呆走神的人，见过望着窗外的入夜霓虹走神发呆的人。他们或在手边的活里发呆，或只是无所事事地走神，一人上路去了，三五分钟后，从旅途中回过神来，重返现实。

这一趟绝没有"到此一游"的留迹，是只容一人的旅程。可能一下子到了老年，也可能一下子又去了童年，可能刚去僻乡，也可能刚去异国。人是巨大时空里的旅者。

听说，旅游是对履历的弥补，那么走神也是。有时，望着天花板，一不小心就走了神。白壁上，有细细长长的裂纹，像北方茫茫平原雪地里，几条曲河静静流淌。可是，自己从未到过冬日的北国平野。

在咖啡店里，写这些字的时候，旁坐的男子，发了半下午的呆。他不像在等人，并没有关注时间，只是一动不动地望着窗外，眼前的往来路人，明媚春光，不知道是否也在他的旅途之中。那大概是一趟长长的旅行，等我离开，他还没有踏上归程。

甄语录 痴人常多福，不外近于宽厚，所谓"水至清则无鱼，人至察则无徒"。

大智若愚

□ 李雪涛

世间有很多眼界不宽，只知道在小事上耍聪明的人。因此洪应明说："廉官多无后，以其太清也；痴人每多福，以其近厚也。故君子虽重廉介，不可无含垢纳污之雅量；虽戒痴顽，亦不必有察渊洗垢之精明。"

因此，在做人方面，不可过分深察苛求。据说，曹操官渡之战击败袁绍后，缴获一堆信函，很多是自己的属下与袁绍私下的通信。左右曰："可逐一点对姓名，收而杀之。"操曰："当绍之强，孤亦不能自保，况他人乎？"遂命尽焚之，更不再问。

甄语录 "放不进去第二枝花"，既是美学，也是哲学，更是生活之道。

放不进去第二枝花

□ 佚 名

想起插花，我常常会记起，小时候奶奶房间里的那朵重瓣栀子，在家乡，又被叫作"玉荷花"。一张四方的老木桌上，饮水的玻璃杯里，斜斜靠着一朵白色的花。每每想起，好像还能依稀闻到那时满屋的栀子花香。

那恐怕是我一辈子都很难忘记的画面，不仅仅因为那朵花，更因为那张每时每刻都被擦拭整理干净的桌子，那个被用心归置打扫的房间，那位一生敬物、惜时、善待自己每一瞬光阴的长辈。她的口中讲不出什么深刻的道理，但她的道理就是她的生活。

说到底，我们感受这个世界的深刻，很多时候都源自一件件再微小不过的事，而我们成为世界的一部分，无论呈现出来的，是善恶，是美丑，说到底也都源自一个个再小不过的念头。

"放不进去第二枝花。"一朵即全部，一朵就足够。一枝花，便是生命的所有。我们为漫山花开而雀跃，却往往只会为一朵而流泪。由此敬物，由此惜时，由此而活在此刻，亦由此而"放不进去第二枝花"。所谓"放不进去第二枝花"，我想，既是美学，亦不单单是，它也是哲学，更是生活之道。

当下的生活，更像是身处"乱花渐欲迷人眼"之中，相较其他，或许更需要这样"放不进去第二枝花"的用心。多一些凝望，多一些敬畏，多一些"一期一会"的珍重。

甄语录 智慧首先教人们辨别是非。

何为"智慧"

□ 梁晓声

"智慧"一词是可拆为两个字各作诠释的。

"智"的含义只不过是聪明。

"慧"字却是有心的，是从善良的心里总结出的思想自觉。

成长也需要断舍离 甄选集

甄语录 将互不相关的工作与极个人的物品置于同一空间灵活调配，维持一种多样化的平衡互洽，是堆砌者们反败为胜的真正秘诀。

你是"书桌堆砌者"吗

□ 欧阳晨煜

木心在《文学回忆录》中写道："世界乱，书桌不乱。"书桌由此成为喧闹世界中面积最小的世外桃源。人们在这个镇定的场所里施展个性，坐怀不乱，因而形成一种自我修行的气度。可从生活角度来看，如果书桌乱了，书桌的凌乱程度真的会影响人的专注度和创造力吗？我们相信，一定会有为数不少的"书桌堆砌者"出来抗议。

书桌是一种感性的记录仪。它不同于记录语言轨迹的录音笔，也不同于记录行走轨迹的计步器，它客观真实记录的，是书桌使用者们细密的思维轨迹，包括那些流入脑海的经典知识，动态迸发的珍稀灵感，内心暗涌的奇思妙想。书桌，或许是最懂你的亲密物件。

而一张张书桌的主人，依据不同的书桌环境，通常被划分为整理者和堆砌者。整理者一般拥有简约型书桌，而堆砌者常常倾向于混乱型书桌。如果你的书桌呈现出足够的理性，像将野外必备品装进小号行李箱一样，尽可能地选择最少量的关键性物品摆在桌面上，你很可能是一个极简主义者，对一切富有规划感，遵守纪律并且可靠性强，你的书桌自然而然被称为清爽的简约型书桌。

一直以来，在桌面状况的比拼中，整理者通常都是良好秩序和习惯的优胜者。而堆砌者却饱受争议，被认为体现了使用者对生活无规划、自由散漫的缺陷。

上述的常规看法无疑困扰着堆砌者们，当他们把书桌视为公共场合中最私人的领地，充分享受个人领域内的自由时，杂乱就可能成为一种不被理解的秩序，而堆砌也很难被想象为丰富的同义词。

但最近的研究为失落的堆砌者们扳回了一局。一项研究表明，人们认为对桌面物品进行整齐归类和摆放有利于提高工作效率的看法或许是错误的。整理者们的确可以花费更少的时间找到所需要的资料，但是由于他们归类的行为优先于对内容本身的理解，在处理复合信息时，需要暂停手头的工作，花费更多的精力理解并记忆那些被整齐摆放在柜子里的内容。而堆砌者们由于喜欢将所有相关资料平摊在显眼的位置，在处理信息时，思维整合速度会更快，工作效率也随之更高。

这也恰恰说明了并不是所有表面的杂乱

丢掉不必要的担负：弱化得失心，奋力向未来

都意味着生活习惯的失控，堆砌也意味着信息的多元丰富。而能够同时组织并处理一张桌面上截然不同的资料所蕴含的信息，是对生活一种难得的掌控。将互不相关的工作与极个人的物品置于同一空间灵活调配，维持一种多样化的平衡互洽，才是堆砌者们反败为胜的真正秘诀。

在重整旗鼓，懂得了自己的优势后，整理者们和堆砌者们又迫不及待地进行了知识量的比拼。比赛规则是：在规定时间内，针对同一个选题，谁能挖掘出更多的相关知识。

比赛开始，整理者们自信满满，按照之前分类好的资料精准寻找答案，迅速、专业又直击目标，好像手持局部地图选取一条最近的小路，毫不犹豫地直达终点所在的森林。而堆砌者们则完全不同，他们俨然森林探险者，在凌乱的书堆里找寻答案的过程中，由于不知道所需信息和资料的具体位置，需要踏上未知的寻找的旅途。就像没有攻略去往陌生的森林，他们将沿路获得的许多额外的、意料之外的知识风景，统统捡起来装进背包，组成了个人独特的知识库。

到达终点，整理者和堆砌者放下包囊，抖落各自收集到的知识。整理者们掏出了分门别类的标准答案，而堆砌者们却取出了更多"捡来的知识"。这些知识或许和最初寻找的目标并不一致，但在这一过程中不仅拓宽了他们的知识面，还扩大了题目的意义，因而这些意外之喜可被称为"捡来的知识"。

在生活中，"捡来的知识"可能会藏在一本被你遗忘已久的书中，也可能会停留在一本其他领域新书的只言片语里。总之，那些你多看一眼的沿途的事物，可能会激发你新的灵感，从而打开你的思路。这好像是一种即兴的魔法，你不知道会从盒子里蹦出几只白兔，让你启动好奇心，积极探索。而钟爱分类的整理者们引以为豪的习惯却成了获取"捡来的知识"最大的障碍，因为这些意料之外的知识只能为过程导向的堆砌者们所发现，而结果导向的整理者们更容易获得有清晰目标的、意料之中的答案。

或许你会说，"以书桌取人"并不公平，书桌不能作为灵活的性格探测器。但你不得不承认，由于长时间记录你的思维轨迹，书桌拥有评判你思考和学习方式的最佳发言权。

甄语录 为什么我们的生活变得缺少趣味？因为我们失去了那些悄无声息的、甜意充盈的夜晚。

甜意充盈的夜晚

□ 周华诚

诗人悄无声息地走路，悄无声息地进屋。掩上门，还得闩上。说话也低声静气，仿佛生怕惊动了什么。

写文章前，我特意打电话问母亲，做米爆糖的夜晚，为什么那么神秘？

母亲说："没有啊。那么晚，你们都睡了。"

我们确实都睡了，挨不住。灶膛里大块的劈柴熊熊燃烧，热量散发出来，把人暖得睁不开眼。一只猫，早早蜷在灶后的猫耳洞里，舒适地打着鼾。

次日清晨我们醒来，一列一列的米爆糖，早就整齐地躺在案板上，散发着好看的光泽。一只一只的洋油箱，装得沉沉的。

有米爆糖的冬天，令人感到心满意足。漫长无聊的冬天，有孩子可以随手拍打，有甜食可以随手取食，拧开电视机有1987年版的《红楼梦》可以看，尽管屏幕上的雪花点比屋外的雪花还密，没关系，该心满意足，就得心满意足。

可我仍不罢休。我问母亲，制米爆糖的夜晚，是不是有什么禁忌，小孩不该知道的？

母亲说，没有什么禁忌啊。

制米爆糖的夜，空气是甜滋滋的。父亲早早买了白糖，以及麦芽汁——我们叫糖娘，却不知道为什么叫糖娘。母亲早早炒好了米花。晒干的大米，在铁锅里与细沙同炒，米粒纷纷怒放为花，一朵一朵，纷纷扬扬，在黑色的背景里竞相开放的白色，那么好看。

现在，要用糖，那甜黏之物，把一切散落的、纷扬的，一个一个汉字一般的米花，凝结成句子、诗篇、文章，凝结出秩序、队伍、大地。真的，糖，就是灵感。糖娘就是灵感之娘。

这样一想，我就知道了，制米爆糖的夜晚为什么静悄悄的。灵感是一种敏感的东西，稍稍的慌张，一点点牵强，十秒钟游离，都可以轻易地将它赶跑。

所以，制米爆糖的师傅，是十二月行走在村庄的诗人，身上带着甜味的诗人。

米爆糖师傅在村庄里为数不多，他们掌握的秘密是一般人无法知晓的。他们入夜行走，披星戴月（有时披雪戴花），穿越黝黑

的田野、冗长的木桥，穿越零星的狗吠、高远的鸦声，走三四里路，去某一户人家。

"来了？"

"嗯，来了。"

"冷吧？"

"冷。这雪大的。"

"快到灶前坐下。"是的，熊熊的灶火，用温暖裹挟了他。一大缸热茶已经备好，此时被递到他的手上。他捏一支烟，随手从灶膛里抽出一块柴火，点燃。

好了，一个被甜意充盈的夜晚就此开始。糖在锅里，糖娘在锅里，米花在锅里，这些东西被搅动起来，夜也就被搅动起来。当米花与糖搅到一定程度（具体到什么程度，由掌勺的诗人决定），就被迅速取出，热气腾腾地，倒进木案上那个"口"字形木架子间。穿上新鞋子的人，站上案板去踩。踩那些米爆糖，直到它非常坚实（一篇好的文章，文字与文字之间也具有这样稳定的结构：一字不易，密不可分）。然后动刀，先切成条，再切成片。嚓嚓嚓嚓，嚓嚓嚓嚓。

门是关紧的，风都吹不进。这让诗人感到踏实。有一次，在搅动一锅甜意的时候，门突然打开，一阵冷风吹进来，诗人心中一紧，手里一沉，锅里嘟噜嘟噜冒泡的糖液立时收了下去，熄了，干了。

他说，有什么东西来过。他的原话是，有什么"脏东西"来过。

有了"脏东西"来过，那一锅米爆糖再也无法凝结。松松散散，像一堆突然从树上掉落的叶子，像一篇被写坏了的文章（一个不喜欢的人的电话就轻易地打扰了写作进程），令人灰心。

明白了，这就是制米爆糖的"禁忌"：忌外人串门，忌随便开门，忌高声谈笑。

我离开村庄很多年，这样制米爆糖的夜晚也久违了。听母亲说，村庄里大家都不做米爆糖了。原因能想到——现在大家不缺吃的了，想吃什么，随时可以进城买到。

母亲说，现在城里就有当街做米爆糖的，就在街边，大白天的，一锅一锅做，不也做得好好的吗？哪有什么禁忌。我却觉得，生活其实需要一点儿仪式感。

为什么我们的生活变得缺少趣味？因为我们失去了那些门关得紧紧的、悄无声息的、甜意充盈的夜晚。

舍 得

甄语录 舍去"我们"得到"我"吧,得到第一人称单数中残余的自在、自洽、自得其乐。

□ 汗 漫

舍去,然后得到——

舍去白昼,得到灯火、梦呓、虫鸣、星光。舍去大陆,得到船歌、桨声、浩瀚、孤独。舍去春分、清明、惊蛰、小暑,得到霜降、白露、冬至、大雪。舍去我,得到我们。舍去宣纸上的一部分白,得到水墨。舍去一个词,得到反义词。

一粒麦,舍去饱满,得到泥土、蚯蚓、雨水、麦苗、麦穗、面粉厂、孩子的胃、成长中的人性。一朵花,舍去枝条,得到飘、落、溪水、鱼。一棵树,舍去森林,得到木器、人间烟火。一名乡村少女舍去清寒,得到城市里的灯、红、酒、绿。一位作家舍去现实生活的表象,得到字里行间的本质。一个俗人舍去爱与恨,得到山陬水湄的静、禅、悟、空……

最先创造"舍得"一词的人,充满辩证法精神。他也许丢失过一匹马、一只羊甚至一个女人。站在一匹马、一只羊、一个女人最后一次出现时的立场,揣摩马、羊、女人的心境和步姿,他放眼四望,朝着可能的方向追寻。没有找回马、羊、女人,但在这一过程中接近马奔跑的速度、羊吃草的柔情、女人独处的灵魂……他泪流满面:"我舍去,我得到——我舍我得,我不舍,我不得。"

舍与得之间,万物万象变幻。众生大部分愁闷,根源于舍、得之间的犹疑不决,像两堆干草间左顾右盼的一头驴子。舍与得,构成天平两端。摆放在面前,一个人心灵的指示仪摇摆不定,孰轻孰重,多年后才能显现。但这多年后的欣慰或痛悔,无济于事。新的轻重、新的天平,继续涌现,等待着、质疑着他的新选择。

禅家言:"龙衔海珠,游鱼不顾。"舍去游鱼而得海珠,这是龙的选择,也是伟大者的使命。我沉浸于海鲜餐厅里的鱼肉火锅。我不认识海珠的

丢掉不必要的担负：弱化得失心，奋力向未来

光辉和意义，喜欢蹲在池塘边看鱼。宋代周敦颐叹息："莲之爱，同予者何人？牡丹之爱，宜乎众矣。"舍牡丹之艳冶而得莲之清新者，还有我和鱼啊，周敦颐兄不孤独了。

日本摄影家荒木经惟说："当你经历三次死亡（父、母、妻子），就能成为摄影家。当你挚爱的女儿死了，就能成为诗人。"成为摄影家、诗人的代价，多么惨烈。显然，成为摄影家、诗人，不是个人的选择，而是命运的安排。孤独无依之人，用镜头和笔尖来说话、与自己说话。其实，这世界上的对话者，最终只有自己。即便亲人团圆于周围，一个摄影家、诗人，仍旧像孤儿、鳏夫、未亡人，充满对旧欢乐的眷恋、新悲哀的预感。

俄罗斯诗人、小说家帕斯捷尔纳克说："在生活中，舍去比获得尤为必要。种子不死，就不会发芽。"他舍去一系列旧人旧情旧地址，甚至因为幼年骑马跌伤而舍去一条腿的部分长度，但这一切犹如种子入土，生发出伟大的《日瓦戈医生》《人与事》《安全通行证》。

美国诗人弗罗斯特在两条林间小路前，踟蹰不定。最终，主动选择人迹稀少的一途。其尽头，次第出现新的交叉小径。必须不断舍去一条又一条路线，才能得到属于自己的个人史。弗罗斯特与他人的巨大差异，在一次又一次舍与得之间，渐渐完成。

你、我、他，同样在无数小路构成的街区和人生里，主动或被动地穿行。得到一种选择里的景色、艳遇，就必然丧失另一选择中的鸟鸣、风声。地图、导航仪、人生成功指南等事物，为人类设定了最直接、最低成本、最有效率的若干路线，却省略了选择途径时的犹豫不安。而路径雷同，导致拥堵、车祸，一个人与另一个人的面目模糊难辨。

舍去"我们"得到"我"吧，得到第一人称单数中残余的自在、自洽、自得其乐。

成长也需要断舍离

甄语录 过于贪婪是一种会给人带来无限痛苦的因素。它会耗尽人们力图满足其需求的精力，可并没有给人带来满足。

人是如何变坏的

□ [俄] 列夫·托尔斯泰　译/石国雄

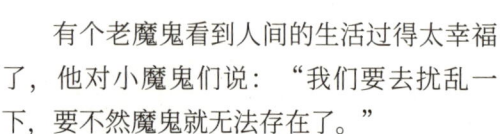

有个老魔鬼看到人间的生活过得太幸福了，他对小魔鬼们说："我们要去扰乱一下，要不然魔鬼就无法存在了。"

他先派了一个小魔鬼去扰乱一个农夫。因为他看到那个农夫每天辛勤地工作，可是所得少得可怜，但农夫还是那么快乐，非常知足。

小魔鬼开始想，怎样才能把农夫变坏呢？他就把农夫的田地变得很硬，想让农夫知难而退。农夫挖了半天，很辛苦，但他休息了一会儿后，还是继续挖，没有一声抱怨。小魔鬼看到计策失败，只好摸摸鼻子回去了。

老魔鬼又派了第二个小魔鬼去。第二个小魔鬼想，既然让他更加辛苦没有用，那就拿走他所拥有的东西吧！小魔鬼把农夫用作午餐的面包和水偷走了。他想，农夫干得那么辛苦，又累又饿，这下面包和水都不见了，农夫一定会暴跳如雷。

农夫又渴又饿，来到树下休息，想不到面包和水都不见了。"不晓得是哪个可怜的人比我更需要面包和水。如果这些东西能让他得到温饱的话，那就好了。"农夫说。又失败了，小魔鬼弃甲而逃。

老魔鬼觉得奇怪，难道没有任何办法能把这农夫变坏？就在这时，第三个小魔鬼出来了。他对老魔鬼讲："我有办法，一定能把他变坏。"

小魔鬼先去跟农夫做朋友，农夫很高兴地和他做了朋友。因为魔鬼有预知的能力，他就告诉农夫，明年会遭遇干旱，让农夫把稻谷种在湿地上，农夫便照做。果然，第二年别人没有收成，只有农夫的收成满满，他因此而富裕起来。

小魔鬼每年都对农夫说当年适合种什么，三年下来，农夫就变得非常富有。他又让农夫把米拿去酿酒贩卖，赚取更多的钱。慢慢地，农夫开始不工作了，靠着贩卖的方式，获得大量金钱。

有一天，老魔鬼来了，小魔鬼告诉老魔鬼说："您看！我现在要展示我的成果了。农夫身上现在已经有猪的血液了。"只见农夫办了个晚宴，所有富有的人都来参加，喝最好的酒，吃最精美的餐点，还有好多仆人服侍。他们吃喝得非常浪费，衣裳凌乱，醉得不省人事，看上去痴肥愚蠢。

"您还会看到他身上有狼的血液。"小魔鬼又说。这时，一个仆人端着葡萄酒出来，不小心跌了一跤。农夫就开始骂他："你做事怎么这么不小心？""唉？主人，我们到现在都没有吃饭，饿得浑身无力。""事情没有做完，你们怎么可以吃饭？"

老魔鬼见了，高兴地对小魔鬼说："你太了不起了！你是怎么办到的？"小魔鬼说："我只不过是让他拥有的比他需要的更多而已，这样就可以引发他人性中的贪婪。"

甄语录 得失寸心知，骗得了今天的人，却骗不了明天的人。

给画让座

□ 舒 州

1959年，吴冠中在北京艺术学院任教。暑假，他自费去海南岛采风作画。经济不宽裕，来回只能买火车硬座票。

从广州返程北京时，大包的油画，尚未干透。行李架，已经挤挤挨挨。画，多怕压，吴冠中哪里敢往上放。也没有闲座，怎么办呢？给画让座！

于是，一大包油画，被吴冠中小心翼翼放在了自己的座位上。就这样，画"坐"着，人站着。旅客来往经过，好不惊诧，怎么会有这样傻的人？

艺术，是艺术家的信仰。给画让座，是如此，撕画，也是如此。

2016年，吴冠中的油画作品《周庄》，刷新中国油画拍卖纪录。其实，自20世纪80年代起，吴冠中就已经开始走红。拍卖、展出，作品惊动全球，一时"天价"。

而吴冠中的画，撕得也更凶了。20世纪90年代初，他整理自己的藏画，将不满意的数百幅作品，尽数销毁。"大撕"常有，"小撕"也不断。晚年的吴冠中，更加苛刻，时常抽空把画作挂起来，自我审判，稍不满意的，当即撕毁。

心血之作，就如自己的孩子，谁不珍爱？纵是"病儿"，自己也不忍下手。可是作品不好，就是不好，惋惜不得！于是，吴冠中就让家人，替自己撕。

彼时，吴冠中早已声名大噪。撕画，不仅是忍痛割爱，而且撕画如撕钱。每撕一幅，都不是一个小数目。可是，吴冠中太过挑剔，视画如命，眼里容不得沙子。不好的，一定要毁掉，他很清楚，骗得了今天的人，却骗不了明天的人。

> **甄语录** 名誉有如江河，它所漂起的常是轻浮之物，而不是确有真分量的实体。

名人避客

□ 陈德芳

名人也有名人的烦恼。频繁的来访和社交活动常常影响他们在事业上的进一步发展。因此，名人想出了种种避客之法。

躲避

英国浪漫主义诗人雪莱喜欢一个人躲到荒岛或松林中写诗。

隐居

法国启蒙思想家、哲学家卢梭为了躲开"不速之客"的干扰，长期过着隐居生活，他的住处之一叫"退隐庐"。

酣睡

法国文学家巴尔扎克有意颠倒昼夜。黄昏至子夜，正是巴黎人社交的大好时光，而巴尔扎克却用来蒙头酣睡。当人们都进入梦乡之际，他却奋笔疾书。

装病

法国作家、哲学家伏尔泰的家里，每天都门庭若市。迫于无奈，他只能用"生病"来挡驾，有人来访，即装病卧床，等客人一走，即从床上翻身而起，继续写作。

装疯

法国作家雨果为了躲避拜访者，横下心来，用剪刀把半边胡须和头发剪掉。有人来访，见他这副模样，误以为他疯了，只好快快离去。而当他的头发长齐时，一部新作又问世了。

装死

1877年，俄国著名作家列夫·托尔斯泰继《战争与和平》之后，又写出了《安娜·卡列尼娜》长篇巨著，轰动了世界文坛。此后，他便被热情的人们包围了，每天来访的、宴请的、求他签名的纷至沓来，使他应接不暇。为了避开这种包围，专心写作，他将自己锁在房间里，并对仆人说："从今天起，我'死'了，就在这房间里。不过别忘记给我饭吃。"此后，见到来访的客人，仆人便会故作悲痛地告诉他们："先生'死'了。'死'在谁也不知道的地方。这是先生的遗言。"来访者渐渐少了。社会上都知道托尔斯泰神秘地"死"了。到1891年《复活》完成后，托尔斯泰才得以"复活"。但为了修改这部作品，在以后的数年里，他不得不又"死"了几次。

四请

我国作家老舍有个"四请"的惜时故事。由于他的名气大，拜访他的人很多，而且来访客人中有不少人并没有什么重要事情。于是，他准备了好茶好烟和一些画报，碰上这样的客人来访，他先是很客气地说："请坐！"然后倒一杯茶给客人："请喝茶！"接着递过一根香烟："请抽烟！"然后拿过画报说："请看画报！"四"请"之后，仍然继续伏案搞创作。客人见他实在太忙，也不好意思打扰了，坐了一会儿，便起身告辞了。

谢绝书

英国生物学家弗朗西斯·克里克在1962年获得诺贝尔生理学或医学奖后，马上印刷了一份谢绝书。这一招果然奏效，那些想去找克里克的人，一见到这份谢绝书，知难而退。克里克为此而赢得了大量宝贵时间。

谢客辞

1942年春，作家端木蕻良居住在桂林时，每天都有许多文学青年慕名来访，为了潜心创作，他在居室门前贴了一首诗："女儿心上想情郎，日写花笺十万行；月上枝头方得息，梦魂却又到西厢。"暗示自己夜以继日忙于写作，希望大家不要登门打扰。

九十多岁高龄的梁漱溟为了回避慕名上门的拜访者，以抓紧时间著书，在居室门上贴了一张"敬告来访宾客"的条子："漱溟今年九十有二，精力尤衰，谈话请以一小时为限，有未尽之意，可以改日续谈。敬此陈情，唯希鉴谅，幸甚。1986年3月，梁漱溟敬白。"

甄语录 当放弃已好过挽留，恋恋不舍反添苦恼。

修补与放弃

□ 初 程

看别人侍花弄草，种种可爱，总是羡慕。轮到自己，怎么也养不好。

隔壁邻居有一座鸟语花香的园子，每次路过，一园花草精神抖擞。请教秘诀，简单答说："去粗取精，弃坏换新。"不是什么良方妙策，只是学会放弃而已。阳光雨露、水土肥害面面俱到，还不能养好的，最好丢弃，再换新的，免得空劳一场。

修补，有节俭度日，也有惜物念旧，哪一种都是美德。于是，遇事花大力气修补，总是首选，费时耗力在所不惜。

在明白人看来，可补的补，该丢的丢，才是清醒。当放弃已经好过挽留，恋恋不舍反添苦恼。

成长也需要断舍离 甄选集

甄语录 极简生活的原则，并非生活形式的返璞，而在于精神层面的归真。

我的"伪极简生活"

□ 马 俊

有段时间，我非常向往"极简生活"。就像梭罗一样，隐居瓦尔登湖畔，一间木屋、一片湖水、一地月光，即可成为生活的全部。正好我有一个月的假期，于是背上电脑回到老家，想过一过曾经的"极简生活"。

我给自己安排了简单的任务：读书，写作。除此之外，闲看庭前花开花谢，漫随天外云卷云舒。老家的小院里，有母亲打理的一个小菜园，生长着各种应时蔬菜。我有计划地安排一日三餐：能够在小菜园里就地取材的，绝不花钱买；食物以纯天然绿色蔬菜为主，享受返璞归真的味道，不正是人生有味是清欢。

除此之外，我把自己的电脑桌收拾得干干净净。一桌、一椅、一笔、一本、一电脑、一手机而已，让人想到"六一先生"欧阳修。还记得美国作家斯蒂芬·金有个"小桌子理论"，算是极简生活的典范。他写作的时候，一张简单的小桌子就能文思泉涌，换了胡桃木材质的大桌子反而思路枯竭。我的桌子也要简单朴素，千万不能有华丽的装饰，否则写作的时候容易分神。以前我的电脑桌上经常用清水养着一枝鲜花，笔筒也是我精挑细选的，造型美观、富有观赏性。摒弃小资色彩的装饰，只需一个"断舍离"，原来舍弃是一件非常简单的事。

在城里生活的时候，我每天早晨要化个淡妆，以好气色面对新的一天。回到乡下，见不到几个人，不如让自己回到最朴素的状态。我不再化妆，有时连护肤品也不用，素面朝天，为的是让脸上的每一个毛孔都呼吸到新鲜空气。

母亲见我如此这般，抱怨说："这也不让买，那也不让买，回家来难道是要过和尚的日子吗？"这话说到我心坎上了，弘一法师后半生皈依佛门，过的不就是极简生活吗？一碗清粥，一杯清水，足够了。太多的物质换来的是奢靡生活，心灵的必需品无须购买。那段时间，"奢靡"这个词儿是我竖起的靶子，动不动就要打击一番。母亲说给我过生日想准备一桌饭菜，我说太奢靡了。父亲说给我换把新椅子，我说太奢靡了。极简生活，一箪食，一瓢饮，在陋巷，物质简单，心灵丰盈——我几乎怀疑自己有古人的境界了。

开始的几天，我在小菜园摘菜，颇有些"采菊东篱下，悠然见南山"的闲适。可是，粗茶淡饭吃了几天，我渐渐觉得味道寡淡，难以下咽。我在电脑前写作，时间长了感觉木椅太不舒服。尤其是有一天，我在母亲屋里的穿衣镜前经过，忽然看到镜子中的自己。我惊呆了，这是我吗？脸色苍白，头

发干枯,眼神黯淡,灰头土脸,像失了水的植物。我仔细端详自己的状态,心中懊恼极了。再翻检一下这段时间的收获,书没看几本,字没写几个。我太形式主义了,其实心根本就没安定下来。我的极简生活,其实是"伪极简生活"。

我丢盔弃甲,匆匆逃回城里,又过回原来的生活。看来极简生活,真的不是谁都可以享受的。境界不够,恐怕只是形式上的极简,未必能做到心灵的丰盈。我安慰自己,极简与精致并不是矛盾对立的,适当追求精致生活并不妨碍对极简生活的向往。于是,我换上新的窗帘和台布,又买了一束鲜花摆在电脑前,还用心化了个淡妆。

我发现,好像精致才是对生活的善待和尊重。

甄语录 身直心正自能屹立天地间,不怕风吹浪打。

晕船哲学

□蹇庐氏

1938年,杨绛、钱锺书和女儿阖家乘船从欧洲回国。风急浪高,邮轮在洋面上犹如一叶扁舟,颠簸得十分厉害,晕船的钱锺书非常难受。经过几番颠簸,聪慧的杨绛便掌握了不晕船的窍门,她对钱锺书说:"坐船不晕船,就要不以自我为中心,而以船为中心,顺着船在波涛汹涌间摆动起伏,让自己与船稳定成90度直角,永远在水之上,平平正正,而不波动。"钱锺书照此践行,果真灵验。

后来,杨绛先生将此提炼为人生的"晕船哲学"——不管风吹浪打,我自坐直了身子,岿然不动,身直心正,心无旁骛,风浪能奈我何?

甄语录 过于迷恋，则难免患得患失。

古瓶与碑帖

□ 寒庐氏

北宋武术大师周侗是岳飞的恩师，这位驰骋疆场的大将，解甲归田后，凸现儒雅本色，迷上了收藏古董，并嗜之如命。某日，一群友人前来欣赏藏品。就在他介绍最心爱的一只古瓶时，一不小心，古瓶从手中滑落，他赶紧弯腰抱住，古瓶幸而没有落地，但他吓得面如土色、虚汗直冒。

这件事让周侗很是迷惑，自己戎马倥偬，经历了无数的刀光剑影和腥风血雨，何以一只古瓶竟把自己吓成这样？他还时常做噩梦，或梦见古瓶掉落地上，或梦见古瓶被梁上君子盗去，甚至梦到房子倒塌砸碎了古瓶……

这只古瓶让周侗神情恍惚，夫人见此，无意中说道："那古瓶还不如摔碎，碎了，说不定你也就不会这样焦虑了。"周侗恍然大悟。

清道光年间的刑部大臣冯志圻也是个收藏迷，一生酷爱碑帖书画，收藏无数，但对人极少吐露，外出更是三缄其口。某次，下属献给他一帧宋代碑帖，照说是喜不自禁，他却"触目自警"，原封不动退回。有人劝他打开看看，欣赏一下无伤大雅。冯志圻神情严肃地说："这是稀世珍宝，一旦打开，我就可能爱不释手；不打开，还可想它是赝品，封其心眼，断其诱惑。"

文韬武略无所不精的周侗恍然大悟什么？他说，"过于迷恋，才患得患失，进而使自己难以解脱，日夜焦虑"。于是，他咬咬牙将那只古瓶摔了。当天晚上睡得很香。人称"崇德养志，自律甚严，风骨凛然"的冯志圻不愿"暴露"嗜好，也是防阿谀奉承之徒投其所好、施其所求。

周侗算是被动"恍然大悟"，冯志圻则属主动"封其心眼"。难能可贵的是，两人都未被物役、不为物累，守住了内心的一泓清泉。

庄子说："鹪鹩巢于深林，不过一枝；偃鼠饮河，不过满腹。"人的物质需求，纵使有"良田万顷""广厦千间"，也不过"日食三升""夜眠八尺"；精神需求，也不过"一枝"和"满腹"，赏一枝春色，享满腹诗书。

然而，溯古察今，能够像周侗那样"恍然大悟"、冯志圻那样"断其诱惑"的，还真不多。许多人往往为"古瓶"所累，经不住"一帧宋代碑帖"的诱惑，有些人更是物欲膨胀，沉迷钱财，钞票铺床砌墙者有之，名酒满屋成窖者有之，书画古董堆垒如山者有之，也有为情妇鞍前马后的，为子孙做牛做马的……且像守财奴那样"孤'人'自赏",甘心困于物欲之城、沉于钱财之渊。然而,仍然焦虑,焦虑于钱财"不够",焦虑于东窗事发,或焦虑于"自作孽,不可活",做的噩梦则比之周侗的更甚,惶惶不可终日,甚而抑郁了。到头来是,"费尽心机得到想要的,回头却发现最珍贵的已然失去"。

这就是为物所累、为欲所伤。

古人说"外累由心起,心宁累自息",周侗和冯志圻确是深谙收藏的本质——是对美的欣赏,而非对物的掳掠,推而广之,人对"身外之物",也应该循庄子所说的,要超越于"物役""物累"。确实,周侗主动将古瓶摔碎,心无挂碍,反而一身轻松;冯志圻自觉将碑帖原封不动退回,也是"眼不见,心不烦",不受诱惑,也就不生烦恼,心灵获得了宁静,品行获得了尊重。

心灵安然,品行获誉,实在是比收藏了一只古瓶、拥有了一帧宋代碑帖更宝贵,更不要说什么孔方之兄,以及所谓的玉液琼浆了。

> **甄语录** 平平淡淡才是真。就在这貌似"枯寂"之中,其实有着无限的灵动。

枯山水

口 王自亮

园林中有一些是讲究枯寂之美的。比如一些枯山庭院,光秃秃的院落,满是黄沙,中间几块石头,一方水池,一块枯木,了无意趣。这样的园林有什么趣味呢?可是,在一些人眼中,却有着别样的美。

大道至简,大巧若拙。形体是枯寂的,意蕴是丰富的。就像一些人,历经一生铅华,到最后才发现,平平淡淡才是真,就在这枯寂之中,有着无限的灵动,丰富的意趣。

洗尽铅华见真淳,人生世间,世上万物,不都是一个从繁荣到枯寂的循环吗?从绚烂到凋零,从凋零到枯寂。虽然花开繁枝,多么美好,但花凋谢时,又是怎样的伤感、无聊。所以,为了避免这种难受,干脆就不要它绚烂好了,不要它绽放好了,只让它枯寂好了。

这枯寂的状态,一下子接近了万物的本源,接近了道。很多人便以枯寂为美。品茶品干枯的老茶,观景观枯淡的风景,就连人生也过得特别寡淡。达摩面壁十年图破壁,一坐十年,一朝开悟,则一苇渡江。有些人被称为苦行僧,也把自己的人生过得苦涩而干巴。但是,其肉身生活的简朴与精神世界的丰盈联系在一起。其肉体越枯寂,其精神越丰盈。

在这枯山水之中,能让人更深地体悟到生命的真谛。枯山枯水,枯中有真意。

成长也需要断舍离 甄选集

> **甄语录** 有一颗向上的心，身在哪里，其实并没那么重要。

应该满足于小镇的安稳生活吗

□ 林 庭

法国导演埃里克·侯麦的电影看多了，让人有种恍惚感。电影许多大自然的元素，包括野草地、葡萄园、树荫和强烈的阳光等，都让人觉得轻松和惬意。这样犹如田园诗般的生活，是很多人的向往。

而喜欢侯麦的大部分观众，都生活在城市里。大家忙于工作，早起随意吃了份早餐，中午下班再在公司里点一份外卖，如果晚上不用加班，还能在回家的路上看见日落。日常里见到的最大片绿植，就是路边的绿化带，或者心情好时去逛的植物园，再不济就是办公桌上的盆栽。

我们试图营造出一种精致又闪闪发光的生活，以生活节奏快为荣，却不敢宣称自己活得自由自在。

大城市的医疗、教育资源好，文娱生活精彩，演唱会、话剧院、艺术展览、复古的咖啡馆、藏书量惊人的图书馆等，令人眼花缭乱，让人得到精神上的满足。

当然，我们也有侯麦电影里的那种生活。小城镇的市井气息重，让人觉得亲近，关系网都关联在一个地方，街坊邻居聚在一起边话家常边择菜叶子，没有疏离感，热心肠完全用得上，是有温度的人，能感受到光阴的故事。但静谧、安稳、慵懒之下，是一眼望到头的单调生活。

有积累了相当多的财富的人，他们回到小城镇中，只是为了体验生活，觉得不喜欢，还有另一种选择。这是小部分，而大部分人，一直生活在小城镇中，心中一直憧憬着外面的世界，他们不会满足于当下的生活，但又无法改变，只能继续蹉跎岁月。

还有些人则在大城市里奋斗了几年，没有得到自己想要的生活，回归家乡。他们对比两种生活，往往会对失去的那一种保持敬畏，不去诋毁，也不去憎恨，因为不想否定曾经的自己，像那首歌唱的，"我可以被这个世界淘汰，但不可以被世界击败"。

也就是说，不被拥有的那种生活方式，会在我们内心深处留下极好的印象，很少存在幻灭。所以当我们以自己的生活状态去观察他人时，就会觉得对方活得特别好。

其实任何一种生活，都经不起推敲，只要不去深入了解对方的内心状况与情感需求，那么，他的生活就是美好的。

在这样一个时代，与其多次反问"理想的生活是怎样的"，不如学会接受不完美的生活方式，以及接受不完美生活中的自己。

朋友在三线城市读的大学，在国外知名院校读的研究生，回国后又在一线城市工作，"我是不是还有另外一种活法"让她下定决心辞职，回到熟悉的小城镇开甜品店。小小一家店，客流量一般，她也想过，自己会不会越活越倒退？但城镇里有很多和她从小玩到大的朋友，他们的生活随性，不攀比，不追求高级感，开一辆二手车，一群人热热闹闹地驶向附近的山林、露营、爬山或等待日落，所有人的心事都有着落点。

说这件事，是想说我们普通人，正常的普通人，做的很多决定，无论是向上的，还是向下的，其实都不具备毁灭性。我们忽略了生活的力量，一种平实的、能抚慰人心的力量，这些力量会让很多"我们以为会变得糟糕的事"变得很平常。

或许人只有被复杂化后，生命才能更加厚重，人才能从迷雾般的生活中理出头绪，才能培养出将撕碎的生活拼接起来的能力，至于身在哪里，并不重要，因为无论在哪里，都有令人厌倦的事物。

甄语录 站在对方立场，让彼此理解，才是沟通的要义。

爱敲鼓的男孩

□编译/陈　胜

曾经有一个小男孩非常喜欢敲鼓，他可以一整天不知疲倦地敲个不停。无论身旁的人怎么哄劝，他都不会停下来。很多人想方设法让这个奇怪的小男孩安静下来。

第一个人告诉小男孩，如果他继续这样不停地敲鼓，他的耳膜会被震破。这个人是一名医生。但是这个理由对于小男孩来说似乎有些高深，他还没有上学，根本不懂这些。

第二个人告诉小男孩，敲鼓是一件很神圣的事情，只有在某些特殊的场合才可以。这个人是一位社会学家。

第三个人给了小男孩一对耳罩，他想如果小男孩听不见了，应该也就不会敲了吧。

第四个人给了小男孩一本书，他小时候可是个十足的书迷。

第五个人给了小男孩一架玩具飞机，这是他小时候最喜欢玩的玩具。

第六个人给了小男孩一双旱冰鞋，这可是他小时候最盼望的生日礼物了。

很遗憾，这些方法都没有奏效。

最后，一个智者递给了小男孩一个锤子和一个凿子，然后说道："我想看看鼓里面有什么东西？"小男孩颇有些疑惑地接过锤子和凿子，在智者的指导下，"砰"的一声，鼓破开了，小男孩显得有些意外，豁然念叨："难怪，原来应该使用锤子。"随后，小男孩看着破开的鼓，嘟着小嘴说："我还以为这里面有什么好玩的东西呢。"然后，他将鼓扔在一旁噔噔地跑开了。

甄语录 人生在世还是要戒除攀比之心，从而让人性善良的一面更多地得以体现。

人失与己得

□ 三希堂

唐末画僧、诗僧贯休在其《续姚梁公坐右铭》中写道："见人之得，如己之得，则美无不克；见人之失，如己之失，是亨贞吉。""见人得失，如己得失"，此言说来简单，做起来却非常难，其中原因亦很简单——自私是人的天性。人性有阳光的一面，也有阴暗的一面存在——而幸灾乐祸正是人性阴暗面比较突出的表现。所以，我们有些时候看到的并不是"见人之得，如己之得；见人之失，如己之失"，而是"见人之失，如己之得；见人之得，如己之失"。

一般来讲，人只有在保证自身安全以及需求得到满足的条件下，才会兼顾帮助他人，这一点我们都可以理解。然而，他人之失有时与我们根本就没有关系，也无须我们去帮助或关注；但面对他人之失，某些人产生获得之感，这又是为什么呢？心理学研究表明：这种现象的出现，即因人性之自私所导致的攀比心理作祟——面对他人之失，而自己完好无损，此时心中就会产生优越感，觉得自己似有所得，甚至有满足感；幸灾乐祸之心理，由此而生。

从这个角度讲，人生在世还是要戒除攀比之心，这不但有利于自己的心态平和，更可以减少甚至避免幸灾乐祸心理的出现，从而让自身的修养得以提高，让人性善良的一面能够更多地得以体现。

甄语录 没有一点儿轻盈，沉重也就真的为沉重了。

琥珀象

□ 范 晔

琥珀象是生活在琥珀里的大象。
散步，思考，洗澡，睡觉——琥珀象一生都在一块指甲盖大小的琥珀里度过。
有人看到也没法把它捡走。
因为有大象生活的琥珀都非常沉重。

甄语录 爱，在不合时宜的时候，也会成为一种负担。

懂得"割爱"

□ 张 章

清代戴名世作过一篇《张贡五文集序》，其中讲了一个故事。不到二十岁时，戴名世在山中遇一卖药翁，谈及作文方法，老翁教给他一个秘诀："为文之道，吾赠君两言，曰'割爱而已'。"戴名世回家后看自己的文章，觉得将大部分内容删掉，也没什么不可以。这个秘诀，果然让他的文章大有进步，他由此感叹："余自闻此论，而文家之真谛秘钥始能识之。"

现在看戴名世的文章，多精练简洁，无华辞丽语，可见是领悟到"割爱"的"真谛秘钥"了。其实在戴名世之前，很多文章大家早已懂得"割爱"之道，譬如在那则"逸马杀犬于道"的故事中，欧阳修就强调了文字应精简，避免冗杂赘述。再数数那些名篇的字数，《桃花源记》《岳阳楼记》《醉翁亭记》等，每篇才三四百字；东坡有些精彩的小品，也就百字左右。

现在一些文章冗长啰唆，只因作者不懂"割爱"。

甄语录 想要抓住，有时先要放手；想要收获，当然先要播种。

弃马种草

□ 茹继田

巴特尔家的枣红马被一匹野马蛊惑，挣脱缰绳，狂奔而去。巴特尔见状，立即上马，挥动套马杆，穷追不舍。

巴特尔追马，穿过沙窝，越过山丘，跨过小河，气急败坏，累得上气不接下气，依然拼命追赶。半道上，巴特尔遇见在查干湖畔种草的道尔吉叔叔。问明原委，道尔吉劝巴特尔放弃追马，与自己一起种草，等待来年草长莺飞，芳草萋萋。

巴特尔接受了道尔吉叔叔的建议，一边放牧，一边种草，查干湖畔的绿洲面积日益扩大，不但吸引来很多骏马，还吸引来很多牛、羊、骆驼、马鹿，原来逃跑的马，走失的牛，迷途的羊也主动归来。

成长也需要断舍离 甄选集

> **甄语录** 头顶的天空当然和我们的生活有关。哪怕透过望远镜,看到的只是石头。

不只是石头

□ 杨无锐

很久很久以前,有个名叫威廉的流浪汉。因为和一个团体签订了奇怪的协议,他必须四处漫游,不能停息。有一回,威廉遇到一位天文学家。承蒙天文学家的好意,威廉见识了那个时代最高级的望远镜。

威廉从未如此近距离地看过星空。他大声赞叹,甚至禁不住捂住眼睛。接着,他开始思索宇宙间永恒有生气的秩序。他发觉自己如此渺小、脆弱。他反省过往生活的错误,批评自己对时光唐突的态度。想罢自己,他又操心所有心灵高尚的人,思考大家如何在星空之下生活在一起。

天文学家劝威廉不要太激动,不妨睡一会儿,因为后面还有更值得看的东西。再次醒来的威廉,从望远镜里看到了金星。金星庄严耀眼,又无法捕捉,转瞬即逝。威廉连呼:"真是奇迹!"

这时,天文学家发话了:"我早就预料到,这颗可爱的星很少像今天这样满,这样亮,它肯定会使您感到惊奇。但我不怕大家指责我冷淡,我要大胆地说一句:'我看这不是奇迹,根本不是奇迹。'"天文学家说,唯有一件事可以算得上奇迹,那就是,眼前所有的一切终将消失。

这个故事,出自歌德的小说《威廉·迈斯特的漫游时代》。我初次读到它时,自然而然地站到天文学家一边,嫌弃威廉的多愁善感。这几年,我觉得或许还有另一种可能。威廉的思考、愁绪、赞叹,真的无聊吗?我觉得无聊,可能只因我是天文学家的苗裔。

身为天文学家的苗裔,我曾经坚信,只有一种正确的方式仰望星空:不是奇迹,根本不可能有奇迹。

小说里,歌德没有急着在威廉和天文学家之间做出取舍。但他的确暗示,在那个时代,天文学家的方式,不是对的,只是新的。歌德借威廉之口提醒天文学家,望远镜诚然是伟大的工具,但并非没有危险。那就是,可能会催生一种新人,以为自己比实际所是的更聪明。威廉说,人类从此不可能把望远镜逐出世界,但也因此更得提防仰仗于它的自高自大。

说到底,威廉还是相信,头顶的天空和自己的生活有关。哪怕透过望远镜,他看到的也不只是石头,还有奇迹。

甄语录 过于看重自己的价值，有时无异于自取灭亡。认识自己，是每个人一生的功课。

捧 杀

□ 李国文

《三国演义》中，吹捧关羽的队伍里，第一名大捧家是曹操。三日一小宴，五日一大宴，上马金，下马银，弄得关羽忘了自己曾经是一名马弓手，而真成了汉寿亭侯。第二名大捧家是诸葛亮，连关羽在华容道放走束手待擒的曹操，也不予追究，这使他更加刚愎自用、自以为是。第三名大捧家是孙权，派人到荆州说媒，想把关羽的女儿娶过来做儿媳妇，结果关老爷还不赏脸，吼了一声"虎女安肯嫁犬子"，把媒人赶走。孙权吃了闭门羹，碰了一鼻子灰。这一来，关羽越发趾高气扬，哪还把东吴放在眼里。

当然，最大的捧家还是曹操。关羽水淹七军，威震华夏，其实离许都尚远。曹操虚张声势，赶紧提出要迁都，以避其锋。这就等于把关老爷的虚荣心，哄抬到一个只许成功、不能失败的位置上。最后，关羽被吕蒙打得只剩下十几个人时，连早年被围土山、约三事的暂时妥协也办不到。因为，他已经被奉为盖世英雄，英雄怎么能低下高昂的头？此刻不但无路可退，连拐个弯也不行。

曹操捧关羽，是做样子给大家看，看丞相是多么礼贤下士、求才若渴。说穿了，不过是在延揽人心，扩大影响，其真意仅仅在宣传自己而已。诸葛亮捧关羽，是求一个内部安定团结的局面，在他实施政策的过程中，不至于被这个自视甚高的刘备把兄弟干扰罢了，还是为自己方便。孙权捧关羽，目的更简单，只是想麻痹对手，把荆州夺回来。

关羽终于过五关、斩六将地走了。如果曹操真不想放他走，他插翅也难飞出牢笼。曹操只是让张辽先行一步，然后十数骑匆匆赶上，表明曹操是要借放行，再宣传一下自己。所以，蔡阳不服，定要去追杀时，曹操叱曰："不忘故主，来去明白，真丈夫也，汝等皆当效之。"放走一个关羽，但树立了一个给麾下将领仿效的活榜样，曹操得到的肯定要比失去的多。而关老爷因此获得了骄傲的资本，一直到走麦城为止，这过五关、斩六将的胜利包袱压了他一辈子，成了无法摆脱的负担。

> **甄语录** 大自然有这么多值得去听、去闻、去触摸的东西,但是大部分人只知道去看。

请在树下坐一坐

□[美]盖瑞·弗格森 译/高环宇

有机会请在大树下坐一坐,或者在漆黑的夜晚仰望漫天繁星,又或者只是在花园里蹲一会儿,什么也不做。在这样的时刻,你通常可以摆脱自我,进入奇迹的王国。

你要先静下心来。深呼吸,然后平静地凝视周围的生命。坦率地说,如果你每天像我一样,感觉被卷入一条大河,有还不完的债和理不清的事,那这种宁静的冥想对你而言,可能会非常困难。请记住,即使只静心感受15分钟,也可以减少焦虑。

你可能不记得了,当你是个小娃娃的时候,你还很擅长这种专注的凝视。你天生是个有经验的学习者,不需要把所看、所听、所感装进别人设定的盒子里。

站在枫树摇动的枝丫下,你可以把世界聚拢到一起,不只是树枝、树叶和树干,还有小鸟、松鼠、蚂蚁、风声和在树叶上跳动的光点。自然会让你流连忘返。

事实上,我已经成了风的鉴赏家。无论是在爱达荷州的索图斯山,还是在轮廓分明的堤顿山脉,我都能听到风的呼吸声:清晨吸气刮过山谷,下午吐气穿行于高山草甸。

还有在冷暖之间四溢的风,它在与树枝、树叶和树干偶遇时带出各种声音:美国黑松闷声低吟;道格拉斯冷杉长吁短叹,发出波涛般的声音;山杨树的叶子像溪流一样哗啦啦地响;斑点桤木发出的声音截然不同,像从天而降的骤雨;低地的灌木发出生硬的嗖嗖声,麦草发出满足的沙沙声。

以简单的扩展方式入门之后,我开始倾听各种声音:红松鼠咬掉的松果跌跌撞撞地穿过松枝,落在铺满松针的地上,发出轻微的钝音;远处,彼此摩擦的粗大树枝既有温和的吱吱声,也有诉苦的呻吟;还有滴水穿石的声音,乌鸦展翅从头顶飞过的声音。

然后我开始培养触觉。溪水旁,贴着皮肤的空气冰凉湿润;落在眼皮上的阳光暖洋洋的;我用指尖划过老橡树开裂的树皮,抚摸山杨树和纸皮桦像涂了一层粉末的光滑树干;我光着脚踩在凉爽露水浸润的青草上。

大自然的气味不胜枚举:美国黄松的树皮散发着香草的味道,夜来香和山梅花的芳香持续不散;松针带着胡椒味儿,鼠尾草的气味刺鼻,大雨过后草场的气味沁人心脾;玫瑰、草木樨和蒲公英的叶子各有独特芳香。闭上眼睛,各种气息扑面而来,那种感觉就像周日早上,凑近刚煮好的咖啡或者刚出炉的肉桂卷闻到香气时一样。

大自然有这么多值得去听、去闻、去触摸的东西,但是大部分人只知道去看。

凡事不必想太多：
静下来，一切都值得期待

甄语录 人和人之间的竞争和较量，不是比技巧，而是比气量。能受气，方能成大器。

气量是能量，更是力量

□ 蔡建军

北宋的吕蒙正是历史上第一位平民出身的状元宰相，被皇帝视为股肱之臣。

吕蒙正有个同窗学友叫温仲舒，彼此仰慕，亲如兄弟。太平兴国二年（977年），双双考中了进士。从此，这哥俩能文能武，敢爱敢恨，下马激扬文字，上马指点江山，成为当时的政治偶像。谁知，温仲舒意外"中箭"，被问责受贬多年。吕蒙正担任中书令后，不忘"发小"情分，多次向太宗举荐，使温仲舒重新走上领导岗位。

按说知遇之恩，当涌泉相报。然而，春风得意的温仲舒，自负狂傲，与兄弟"平起平坐"时，却刚愎自用起来，甚至在吕蒙正触逆了"龙鳞"皇上正生气时，还昧着良心，趁机落井下石。

一时间，朝野上下议论纷纷。可吕蒙正闻听后，说："人非圣贤，孰能无过？只要为国尽力，方向没错，政绩还在，那些小事万万不可记在心上。"

有一次，吕蒙正在夸赞温仲舒的才干时，知道实情的太宗以为他还被蒙在鼓里，就忍不住提醒他说："你总是夸奖他，可他常常把你说得一钱不值呢！"吕蒙正笑了笑说："陛下把我安置在这个职位上，就是深知我知道怎样欣赏别人的才能，并能让他才当其任。至于别人怎么说我，这哪里是我职责之内的事呢？"

吕蒙正宽广容人，秉公处事的治国理念，让太宗对他器重有加。

事实证明，吕蒙正的眼光还是不错的，温仲舒虽说有嫉妒的小毛病，还是很有能力的。他驻守边疆，叱咤风云，所向披靡；辅政朝廷，办事得力。时人并称他们为"温寇"。

荷兰哲学家斯宾诺莎说过：人心不是靠武力征服，而是靠爱和宽容大度去征服的。从古至今，人和人之间最高的竞争和较量，不是比技巧，而是比气量。能受气，方能成大器。

甄语录 心中有月光,生活便有月光。

钓一船月光回家

□ 马亚伟

  唐代的高僧德诚,有一次出去钓鱼,一直到深夜,他都没有钓到一条鱼,坐着小船空手而归时,他说了一句话:"夜静水寒鱼不食,满船空载月明归。"夜晚清寂,河水寒凉,鱼儿没有上钩,不过这有什么要紧的,满载一船皎洁的月光而归,不是也很愉悦吗?

  这个故事,读了不禁让人会心一笑。高僧的高妙之处在于,他能够超越世俗意义上的得失困扰,以超脱豁达的态度对待这件事:谁说我一无所获,我钓了一船月光呢!

  化失意为诗意,真是一种大智慧。

  得到的同时也在失去,失去的同时也在得到。如果他满载鱼儿返回,必然会关注收获的鱼儿,可能因此忽略那么美好的月色,这难道不也是一种失去吗?相比来说满船月光的收获可能更加丰厚,钓一船月光回家,多么浪漫啊!

  我想起邻居唐姐,去年她在一处空地上种了黄瓜、豆角,把一处荒僻之所打造成生机盎然的小菜园。

  没想到,一场冰雹砸烂了唐姐的小菜园。偌大一片园子,颗粒无收。本以为唐姐会失落丧气,谁知见到她时,她仍笑呵呵地说:"虽然没收获仨瓜俩枣,但我收获了快乐。种菜的过程本身就是一种快乐。"

  化失意为诗意,唐姐也是一个善于钓一船月光回家的人。

  其实,每个人又何尝不是人生的垂钓者?在忙碌中,垂钓着各种各样的东西,钓不到便会失望沮丧,甚至气急败坏。情绪在得失之间起起落落,人生也因此错过了享受生活的诗意之美。

  钓一船月光回家,并非高不可攀的境界,像唐姐一样的平凡人也可以做到。菜园里没有收获蔬菜,但收获了快乐;没有收获果实,但收获了花朵。生活总会馈赠给我们一份礼物,就看你是不是能够发现。心中有月光,生活便有月光。

  清凉的夜晚,浩荡的江水,皎洁的月色,何妨只钓一船月光回家?

成长也需要断舍离

甄语录 很难实现的目标，有时只在于迈出第一步。只管去做，事情往往有转机。

麦当劳理论

□ [美]乔恩·贝尔 编译/胡 英

有时，我会和同事们商量午餐去哪里解决，但大家都拿不定主意。这时，我会跟他们开个玩笑：提议去麦当劳吃饭。

接下来，有趣的事发生了。大家一致认为我们绝对不应去麦当劳，于是开始七嘴八舌地提出更好的建议。真的很神奇！

这就像是抛砖引玉，用最糟糕的主意打破僵局，讨论一旦开始，大家就会突然变得很有创意。我将这种现象称为"麦当劳理论"：人们受到激励，想出好主意来避开坏主意。

著名作家安妮·拉莫特主张"先打个拙劣的初稿"，耐克的口号是"只管去做"，而我建议去麦当劳只是为了让大家质疑，之后他们就会想出更好的主意，道理都一样。拉莫特、耐克和麦当劳理论都在说：第一步并没有我们想象的那么难；采取行动，别想太多。

这个道理同样适用于工作中的团队。在项目的初期阶段展开讨论时，不妨拿起一支记号笔，走到白板前，在上面写下一些东西。写出的想法可能很愚蠢，但这是好的！麦当劳理论告诉我们，这个想法会激励团队行动起来。

为了让所有的疑虑平息下来，继续前进，需要近乎疯狂的勇气、专注力和鲁莽的坚持。你需要鼓起勇气，冲破心理上的第一道障碍，行动起来。你必须写点什么，画些草图，做点什么，然后在此基础上加以修改。

不知道如何开始？你可以画几个图形，然后给它们加上标签，并设法根据你要解决的问题调整画出的草图。神奇之处就在于，当你在白板上写下你的想法时，不可思议的事情就会发生。同事都会看到你的想法，他们会提出自己的想法，修正你的想法，经过15分钟、30分钟、1小时，你们就会取得进展。

甄语录 热爱自己最诚实的表现,是懂得有效利用属于自己的时间。

将时间还给自己

□唐辛子

宫崎骏几十年来的老搭档、吉卜力工作室董事长兼制片人铃木敏夫,就曾经这样介绍宫崎骏的日常生活——知道宫崎骏每天吃些什么吗?铃木敏夫说:"他每天吃的,从我认识他到现在25年多,都是太太做的手工便当:一个铝饭盒塞得满满的。为什么会塞得满满的?因为那是他的两顿饭:用筷子一分为二,中午吃一半,晚上吃一半。5分钟吃完,午饭后休息15分钟,每天从上午9点一直工作到凌晨2点。年年如此。"

宫崎骏不仅几十年如一日吃着太太做的手工便当,对游戏机、家用电脑、互联网等也都心怀警惕,认为它们都是动漫设计师的大敌。例如,电子邮件就令宫崎骏心烦,为此,他不惜花时间在吉卜力工作室进行"全员调查"。发现大家居然都在使用电子邮件,宫崎骏大吃一惊,跑去对铃木敏夫说:"铃木!大家都在用电子邮件,日本的动漫完蛋了!"因为宫崎骏认为,工作之外,还对其他东西感兴趣的家伙,是成不了好的动漫设计师的。

宫崎骏的想法是有道理的。"我愿意将时间交给你,说明我真心爱你。"衡量男女之间是否有真爱,并不是以金钱来计算,而是以时间来评估的。爱一个人,哪怕为他或她牺牲再多时间也愿意。而一个人是否真的热爱自己的工作,也是以时间来衡量的,没有其他事物能比工作更吸引人,更令人们愿意花费所有的时间倾情其中。这正是宫崎骏成为世界级动漫大师的原因。

当然,并不是每个人都能幸运地拥有一份自己热爱的工作。但这不要紧,即使不热爱现有的工作,起码也应该热爱自己。热爱自己最诚实的表现,就是懂得有效利用属于自己的、今生仅有一次的时间,明白该怎样在喧嚣的焦躁中,将时间安静地、完整地交还给自己。

> **甄语录** 专注、重视细节、享受训练……只要没有失去情绪控制力，你就可能赢。

高手与顶尖高手的差距

□李 翔

著名学者格拉德威尔写过一篇文章叫《失败的艺术》。他把导致失常的情况分成两种：第一种是惊慌失措，第二种是紧张失常。

为什么会出现紧张失常这种情况呢？心理学家说，这是因为人类在学习某件事的时候，有两种模式。一种模式叫"显性学习"。举个例子，打篮球时的投篮，你要一步一步拆解动作，每个动作都要做标准，在教练的指导下，甚至通过回看录像的方式，来不断练习，这就是显性学习。另一种模式叫"隐性学习"，你在练习了几次之后，动作越来越快，不假思索地出手，然后球进了。

但是，在压力非常大的时候，有些运动员会从隐性学习模式调回到显性学习模式。这时，他们每做一个动作，都要稍稍思考一下，然后，就会失误频频。

简单而言，"惊慌失措"是在压力状况下，你的反应没过脑子导致的；紧张失常是在压力状况下，你想太多了导致的。

问题来了，为什么有些顶级运动员会在比赛时紧张失常呢？

西班牙网球名将纳达尔说过一句话，世界排名前一百的网球运动员在训练时看起来都一样。如果你只看他们的训练，没有办法判断谁能赢得比赛。顶尖高手们的相同之处是，他们都拥有很好的运动天赋、出众的身体素质，训练也都非常刻苦。只有比赛时的发挥，才把冠军、亚军、季军区分开来。

他们的差别究竟在什么地方呢？

第一，越是顶尖的高手，越是技术流，越是重视细节。有时细节是成败的关键。

第二，越是顶尖的高手，越享受训练。

第三，比赛时，他们能专注在自己做的事情上。

有些优秀的运动员会在比赛时发挥失常，就是因为他们失去了情绪控制的能力，开始过于关注对手，开始迷信，开始思考自己的一举一动会不会出错。

甄语录 真正的成长，必然伴随着扬弃。

成长的寓言

□ 张丽钧

  我看到一组图片，拍的是榴梿从开花到结果的过程。那么粗壮苍老的枝干，没来由地就钻出一簇一簇小花苞。那些花苞排列得可真密呀，你拥我挤，互不相让，像是谁捆扎了一把把绿珠子，仔细地绑到枝干上。慢慢地，花苞鼓胀起来，开出梨花样的乳白色五瓣花朵。盛开的榴梿花一律垂挂在枝干上，一团一团的，像是树在倒放焰火。似乎来了一场风雨，"焰火"瘦了些，又瘦了些，更瘦了些……树下堆起了厚厚一层残花。再看那枝干上，原先挨挨挤挤的花大多连花柄都谢落了，光溜溜的枝干，就像从不曾有过花开；只有些稀稀拉拉的花朵幸运地发育成了小榴梿。但这还不算完，又有凄风苦雨袭来，浑身毛刺的小榴梿又从枝头跌落下了一批——落花还没有成泥，落果就急着来寻它们了。再看树上，只剩了少而又少的一些榴梿，伶仃但坚毅地垂挂在枝干上，相约走到时光深处。从乒乓球大小，到网球大小，再到足球大小，128天，它们悲壮地走完了从花到果的全程，终于修成了"正果"……有网友慨叹："榴梿国"的竞争太激烈了！"榴梿国"的淘汰太残酷了！

  其实，榴梿开口讲了一个寓言，一个关于成长的寓言。

  真正的成长必伴随扬弃。为了体现自我的生命价值，比咬牙坚持向前走更为重要的是懂得抛舍，像榴梿树那样，抛舍那么鲜润的花，抛舍那么嘉美的果。就像经过了精确测算一般，它明白自身任何一个位置的最佳"挂果量"。它没有死死抱着成千上万个"乒乓球"往前走，借助风雨，它明智地丢弃了一些，又丢弃了一些，这样，它就能够确保自己既不匮乏又不盈溢，确保自己贡献给世界的是货真价实的"万果之王"——你瞧，榴梿的心，是锦做的，也是铁做的，唯其如此，它才能既怡人眼，又怡人口，更怡人心呀。

成长也需要断舍离

甄语录 人生最困难的事情是认识自己，而那些脱掉伪装的时刻对我们是多么重要而值得怀念。

在大雾里得意忘形

□ 铁 凝

那时的清晨我在冀中乡村，在无边的大地上常看雾的飘游、散落。看雾是怎样染白了草垛、屋檐和冻土，看由雾而凝成的微小如芥的水珠是怎样湿润着农家的墙头和人的衣着面颊。雾使簇簇枯草开放着簇簇霜花，只在雾落时橘黄的太阳才从将尽的雾里跳出地面。不论你正在做着什么，都会情不自禁地感谢你拥有这样一个好的早晨。

后来我在新迁入的城市度过了第一个冬天。这是一个多雾的冬天。在城市的雾里，我再也看不见雾中的草垛、墙头，再也想不到雾散后大地会是怎样一派玲珑剔透。

城市的不同于乡村，也包括诸多联想的不同。路灯不知所措起来，天早该大亮了，灯还大开着；车辆不知所措起来，它们不再是往日里神气活现地煞有介事，大车、小车不分档次，都变成了蠕动，城市的节奏便因此而减了速；人也不知所措起来，早晨上班不知该乘车还是该走路，此时的乘车大约真不比走路快呢。

我在一个大雾的早晨步行着上了路，我要从这个城市的一端走到另一端。我选择了一条僻静的小巷一步步走着，我庆幸我对这走的选择，原来大雾引我走进了一个自由王国，又仿佛大雾的洒落是专为着陪伴我的独行，我的前后左右才不到一米远的清楚。原来一切嘈杂和一切注视都被阻隔在一米之外，一米之内才有了"白茫茫大地真干净"的气派，这气派使我的行走不再有长征一般的艰辛。

为何不做些腾云驾雾的想象呢？假如没有在雾中的行走，我便无法体味人何以能驾驭无形的雾。一个"驾"字包含人类那么多的勇气和主动、那么多的浪漫和潇洒。原来雾不只染白了草垛、冻土，不只染湿了衣着肌肤，雾还能被你步履轻松地去驾驭，这时你驾驭的又何止是雾？你分明在驾驭着雾里的一个世界。

为何不做些黑白交替的对比呢？黑夜也能阻隔嘈杂和注视，但黑夜同时也阻隔了你注视你自己，只有大雾之中你才能够在看不见一切的同时，清晰无比地看见你的本身，你那被雾染着的发梢和围巾，你那由腹中升起的温暖的哈气。

于是这阻隔、这驾驭、这单对自己的注视就演变出了你的得意忘形。你不得不暂时忘掉"站有站相、坐有坐相、走有走相"的人间训诫，你不得不暂时忘掉脸上的怡人

表情,你想到的只有走得自在,走得稀奇古怪。

我开始稀奇古怪地走,先走他一个老太太赶集:脚尖向外一撇,脚跟狠狠着地,臀部撅起来;再走他一个老头赶路:双膝一弯,两手一背——老头走路是两条腿的僵硬和平衡;走他一个小姑娘上学:单用一只脚着地转着圈儿地走;走他一个秧歌步:胳膊摆起来和肩一样平,进三步退一步,嘴里得叨念着"呛呛呛,七呛七……"走个跋山涉水,走个时装表演,走个青衣花衫,再走一个肚子疼。推车的,挑担的,背筐的,闲逛的,都走一遍还走什么?何不走个小疯子?舞起双手倒着一阵走,正着一阵走,侧着一阵走,要么装一回记者拍照,只剩下加了速的倒退,退着举起"相机"。最后我决定走个醉鬼。我是武松吧,我是鲁智深吧,我是李白和刘伶吧……原来醉着走才最最飘逸,这富有韧性的飘逸使我终于感动了我自己。

我在大雾里醉着走,直到突然碰见迎面而来的一个姑娘——你,原来你也正跟跄着自己。你是醉着自己,还是疯着自己?感谢大雾使你和我相互地不加防备,感谢大雾使你和我都措手不及。只有在雾里你我近在咫尺才发现彼此,这突然的发现使你我无法叫自己戛然而止。于是你和我不得不继续古怪着自己擦肩而过,你和我都笑了,笑容都湿润都朦胧,宛若你与我共享着一个久远的默契。从你的笑容里我看见了我,从我的笑容里我猜到你看见了你,刹那间你和我就同时消失在雾里。

当大雾终于散尽,城市又露出了她本来的面容。路灯熄了,车辆撒起了欢儿,行人又在站牌前排起了队。我也该收拾起自己的心思和步态,像大街上所有的人那样,"正确"地走着奔向我的目的地。

但大雾里的我和大雾里的你给我留下了永远的怀念,只因为我们都在大雾里放肆地走过。也许我们终生不会再次相遇,我就更加珍视雾中一个突然的非常的我、一个突然的非常的你。我珍视这样的相遇,或许还在于它的毫无意义。

然而意义又是什么?得意忘形就不具意义?人生又能有几回忘形的得意?

你不妨在大雾时分得意一回吧,大雾不只会带给你实在的记忆,大雾不只会让你悠然地欣赏屋檐、冻土和草垛,大雾其实会将你挟裹进来与它融为一体。

甄语录 一个人的时候看到的世界，有时是别人根本想象不到的世界。

被锁起来的暑假

□王雯雯

暑假来了，老赵说，要上班，娃放假没办法，只好锁起来，让她一个人在家。

锁起来？好熟悉的感觉，我童年的假期基本都跟锁起来有关。

第一次被锁起来是在我五岁的时候，爷爷生病，我爸把我从幼儿园接回来，要把我暂时送到姑姑家，但我不想去。我爸只能威胁我，不去姑姑家就只好锁起来一个人在家了。没想到，我点头同意了。我妈反对，但我爸决定试一天看看。

为了确保娃在家的安全，一般家长会把危险的东西收起来，我爸不一样，他的做法是把危险降级，在不伤害我又足够让我引以为戒的范围内让我全部经历一次，就是俗称的肉体记忆法。

那天下午，我爸带着我模拟了各种我可能会遇到的危险。例如，他怕我去动电插板，就用电池当电源做了一个简易插板，把我的手插进去，让我知道被电的滋味；怕我从阳台的铁栏杆缝隙里掉下去，就用我的头挨个测试了一下铁栏杆的缝隙宽度，确定我钻不过去。一系列测试后，我被正式锁在家里了。

早上爸妈离开后，我就起床了。那种突然而来的空旷感很奇妙，整个房间好像连空气都不一样了，平时熟悉的房间突然有点陌生，但并不令人恐惧，反而让我觉得很欢喜，我一点点探索只有我一个人时房子是什么样的，就像探索一个新的世界——我的世界。

厨房是肯定要上锁的。毕竟我爸没办法让我尝试菜刀和煤气罐给我带来的伤害，不过没关系，衣柜是向我敞开的，我拽出我妈那条我向往已久的裙子松松垮垮地套上，再穿上我妈的高跟鞋在家里走来走去，觉得自己美得冒泡，还用了我妈的化妆品……平时大人不让我做的事情，这个时候都可以做起来。

我假装自己是一个公主，给自己扎了两个小辫子，再抹上我妈的雪花膏，涂上粉，用口红在额头点个红点，再把嘴满满地抹上红色，然后学着电视里的古装美女，把纱巾裹在头上，床单披在身上，优雅地坐在沙发上跷起脚，小口小口地吃着包子，突然巫婆出现，我惊慌失措地钻进衣柜里瑟瑟发抖，然后被自己编的故事笑得从衣柜里滚到地上。

等玩够了笑够了，我搬着小凳子坐在阳

台上，通过铁栏杆的缝隙看外面的世界。我看着远处马路上的汽车，每辆汽车都有表情。有的公交车像电视里的比干丞相，不紧不慢。双节电车拖着两个大辫子摇头摆尾，每次停车靠站的时候都小心翼翼面露慌张，好像怕踩到什么。小汽车太快了，我来不及细看，只觉得它们像我看到的蚂蚁，木木呆呆又很凶的样子。

对面楼下有同院子的小伙伴们彼此呼唤着出去玩，我居高临下地看着他们，很有优越感，觉得他们是一群跟我之前一样幼稚的小屁孩。

再往近处看，我看到了楼下花园里的两棵树，这两棵白杨树一直长到了四层楼的高度，枝繁叶茂，我发现它们的树叶随风摆动时会变换不一样的颜色，风吹过树叶向一面摆过去一片碧绿，风再吹过，树叶向另一面摆过来一片银白中带着淡绿，这个发现使我好兴奋，好像发现了一个秘密。

风吹着树叶哗哗地响着，我就坐在小凳子上静静地听着，世界上所有其他的声音都远离了，只有大杨树不紧不慢的声音陪着我，像诉说，也像抚慰。整个下午，我就这样跟这两棵大杨树在一起，看着，听着，什么也没干，什么也没想，但心里满满的，很舒服。

晚上我爸下班，我坐在阳台上看着他冲进来抱我，满眼的焦虑，我兴奋地拉着他，跟他讲我今天发现的世界，我讲我早上编的故事，讲我看见的有情绪的汽车，讲我看了一下午的大杨树，跟他说我明天也要这样过，他渐渐放松下来，笑起来了。

后来我爸跟我说，那一刻他看到的我，花着一张小脸，明明只隔了几米远，却像离他很远，但我拉着他说话，眼睛亮得惊人，他第一次发现一个小孩的世界原来可以这么奇妙。他决定尊重我的想法，这一个暑假都让我这么过。只锁几天变成一个假期，之后的三四个暑假也一样如此对待，直到我大到不需要被锁起来的时候。即使不被锁起来我一个人的暑假白天也很少出门。我就一个人在家里，编我的故事，看我的世界一点点变得丰富。和那两棵大杨树一起吹一下午的风。被锁起来的暑假，绝对是我童年最美好的回忆之一。

老赵说他家娃锁起来一个人在家好像还挺自得其乐。我说，那当然，他一个人的时候看到的世界是你根本想象不到的精彩。

成长也需要断舍离

> **甄语录** 一种最完美的友情，是有相似美德的好人之间的友情。

朋友之间

□ 肖复兴

当年，从家乡诺曼底的乡下来到巴黎，整整十二年，米勒穷得叮当响，早已无钱住在房租昂贵的巴黎城里。米勒的好朋友，同为画家的卢梭，劝他搬到巴比松去。就如同我们曾经的流浪画家到北京的郊区宋庄一样，那里房租便宜。可是，米勒连雇马车搬家的费用，都掏不出来了呀。

卢梭对米勒说："这个我来想办法。"

没过两天，卢梭兴奋地对米勒说："我新认识一个刚从美国来的朋友，是个商人，很有钱，我跟他介绍了你，他看中了你的画，想花几百美元，让我帮他买你的一幅画，你看怎么样？"

这是米勒来到巴黎十二年来卖出的第一幅画。就是靠着卖出这幅画的钱，1849年的冬天，寒风呼啸，卢梭帮助米勒驾着一辆雇来的马车，搬到了巴比松。日后，米勒画出《拾穗者》等一批画作，开始了属于他的时代。只是米勒到死也不知道，卢梭说的这个美国朋友是不存在的，买他这幅画的人，是卢梭自己。

这就是朋友。

和米勒一样，塞尚在巴黎闯荡多年，也是一事无成，潦倒不堪。三十二岁那年，他无可奈何地从巴黎回到了家乡艾克斯。尽管他依然心有不甘，仍坚持作画，却依旧是一幅也卖不出去。他的画画完之后，到处乱丢，甚至丢到田里。据说，当年莫奈就从一块石头上捡到一幅塞尚的《出浴人》。

无论在巴黎，还是在家乡，塞尚都像孤魂野鬼一样，寂寞地跋涉在他的艺术小径上。

在家乡，塞尚有个朋友叫肖凯，替塞尚

不平，别人不买塞尚的画，他自己花钱买了一幅。这是塞尚生平卖出的第一幅画。只是，塞尚不知道，肖凯买了他的画，却不敢挂在自己的家里，怕妻子不能容忍塞尚的画。肖凯让他的一个朋友把画带到他的家里，装作请肖凯评画，然后再装作忘了把画带走。塞尚的这幅画才勉强得以挂在肖凯的家中，算是肖凯的"曲线救国"吧。

肖凯欣赏塞尚，一直矢志不渝地推销塞尚的画。1889年，正是在肖凯的极力支持和帮助下，塞尚的画，终于在那一年的万国博览会上第一次展出。这一年，塞尚已经整五十岁，肖凯为塞尚的成功，默默努力了十八年。

这才是朋友。

劳特累克也有个朋友，叫莫里斯·乔怀安，他俩是老乡兼发小。阔别多年，十八岁那年，两人在巴黎重逢时，劳特累克是个初出茅庐的画家，乔怀安已经是有名的画商。在蒙马特，乔怀安介绍劳特累克认识了画家德加，德加帮助他找到了合适的模特，成就了劳特累克日后的发展。

二十九岁那年，乔怀安为劳特累克举办了生平第一次画展，画展就在乔怀安的画廊里，免去了租金困扰。日后，乔怀安又帮助劳特累克举办过两次画展，一次在巴黎，另一次在伦敦。乔怀安是劳特累克有力的助力者。他还有一个愿望，帮助劳特累克举办第四次画展，可是，这一年，病痛折磨之中，劳特累克已经到了生命的尾声。乔怀安不甘心，劳特累克才三十七岁啊！

这一年年初，乔怀安送劳特累克回家乡阿尔比养病，没想到九个月后，劳特累克执意重返巴黎。乔怀安陪伴他，会见了他的红颜知己，完成最后的心愿，送他回家乡阿尔比。分别之际，乔怀安对劳特累克说："等你的身体恢复之后，选择好时间和地点，举办第四次画展，你一定要好好养病！"劳特累克明白，这是乔怀安的安慰，也是鼓励，更是一片心意。明明知道这已经是不可能的事情了，他还是点点头，用无力的手握住乔怀安的手，就此一别千里。

没能帮助劳特累克举办第四次画展，成了乔怀安最大的心事。劳特累克过世之后，正是在乔怀安的游说和努力下，才在阿尔比的贝尔比宫这样金贵的地方，开辟出劳特累克美术馆。也正是在他的努力之下，最后整理出版了《劳特累克传》。他觉得唯有这样做，才是对未能如愿举办劳特累克第四次画展的弥补。

劳特累克临终前，曾经画过一幅油画《莫里斯·乔怀安》，是给朋友最后的留念。乔怀安把这幅画，连同劳特累克送给他所有的画，都捐赠给了劳特累克美术馆。

做朋友，做到这个份儿上，足以让劳特累克瞑目了。

亚里士多德曾经将朋友之间的友情分为三种："一种是出自自利或用处考虑的友情；一种是出自快乐的友情；一种是最完美的友情，即有相似美德的好人之间的友情。"

我不知道如今朋友之间的友情，大多是什么样子的。我只知道卢梭和米勒、肖凯和塞尚、乔怀安和劳特累克，他们之间的友情，让我感动和羡慕。

甄语录 人的一生相较于历史，难免显得微不足道。认识到这一点，或许我们对自己或他人的人生，也就能多一分理解和包容。

不被理解的埃弗雷特

□ 苗 千

20世纪40年代，在美国生活的爱因斯坦的影响力已经超出了科学界，他成了一位世界性的偶像人物。1942年，一个只有12岁的美国少年给爱因斯坦写了一封信，声称自己解决了一个物理学难题。而爱因斯坦居然认真地给这个名叫休·埃弗雷特三世的男孩写信解释："这个世界上没有不可抗拒的力与不可移动的物体。"

我们难以估量收到来自爱因斯坦的回信给当时尚处于青少年时期的埃弗雷特带来了怎样的影响，但埃弗雷特在大学里就展示出不凡的数学天赋，并且在大学毕业之后获得奖学金，进入普林斯顿大学继续深造。他最初选的是数学系，随后便转入物理学系，跟随著名物理学家约翰·惠勒研究量子力学。

正是在普林斯顿大学进行研究期间，埃弗雷特对让人感到莫名其妙的量子力学中的"波函数"的本质进行了深入思考。微观世界中的规律为什么与宏观世界的如此不同？为什么人们对微观粒子的行为只能进行概率性的解释？描述粒子行为的波函数，究竟是一种数学抽象，还是一种物理实在？可以说，这些问题至今都还没有明确的答案。而埃弗雷特在研究中灵光闪现，对量子力学提出了著名的"多重宇宙解释"。他认为所谓的波函数并不会因为人的测量而坍缩，而是会随着测量而"分裂"出新的宇宙。

这种对量子力学的全新理解在当时可谓惊世骇俗，但导师约翰·惠勒初见这个结果对其就大为赞赏。他不仅支持当时只有27岁的埃弗雷特将这个想法作为博士论文的题目，更是全力支持他将论文进行编辑之后发表在最具影响力的物理学刊物之一——《现代物理评论》上。

对一位年轻的物理学家来说，我们很难想象还有什么比这更令人感到乐观的事业开局，但随后的发展并不如想象中顺利。发表在《现代物理评论》上的论文，尽管在编辑的建议下删掉了令人感到不安的"分裂"一词，但仍然在学术界反应冷淡。人们普遍认为这属于异想天开，根本不算是严肃的学术理论。1959年埃弗雷特与量子力学界的泰斗级人物尼尔斯·玻尔见面时，满心希望对方能够认可自己的理论。但玻尔对量子力学早已有了自己的诠释，也就是被当时学术界认为正统的所谓"哥本哈根诠释"，自然不会对这个全新的解释表现出多大的兴趣。而导师惠勒也迅速对多重宇宙理论失去了兴趣。所谓的"多重宇宙理论"刚刚诞生，便被学术界抛弃。备受打击的埃弗雷特并没有留在学术界继续发展，转而进入能够发挥他数学特长的军工领域进行更实际的研究工作。终其一生，埃弗雷特似乎都没有从被学术界冷淡对待的打击中恢复过来。

在之后的生活中，埃弗雷特似乎都是在失落和压抑中度过的。他生活习惯极差，每日不离烟酒，这对他的健康造成了极大的伤害，最终他在1982年因为心脏病发作去世。他的儿子回忆道：

"父亲不曾跟我提起有关他的理论的只言片语，他活在自己的平行世界里。"

我们至今也很难为埃弗雷特的"多重宇宙理论"给出一个公正的评价。这个理论一直没有被物理学界完全接受。但不可否认的是，随着科学的发展，在埃弗雷特去世之后，"多重宇宙理论"受到了越来越多的物理学家的重视。不仅在微观领域，就是在宇宙学研究中，也出现了不同版本的多重宇宙理论。《科学美国人》杂志在2007年的一篇文章中将埃弗雷特誉为"20世纪最重要的科学家之一"。

而约翰·惠勒对多重宇宙理论的态度也再次发生了改变。2001年，在惠勒参与编写的量子力学百年纪念论文中，他将多重宇宙理论视为对量子力学的最佳解释。之后在2006年的一次采访中，已经95岁高龄的惠勒回忆埃弗雷特："没有人理睬他的理论，这让埃弗雷特十分沮丧，也许还有点愤愤不平。真希望当时我能和他一起坚持这项研究。他提出的那些问题非常重要。"

一位科学家没有科学发现，固然是一种失败，但如果过于领先于时代，导致提出的理论无法被周围的人理解和认可，往往也会给他的生活带来厄运。

人的一生相较于历史的波澜壮阔，难免显得微不足道。科学家与他们所坚持和追寻的理论往往也有着不同的命运。如果能够认识到这一点，或许我们对自己或他人的人生，也就能多一分理解和包容。

甄语录 可以做最坏的打算，但不要忘了抱坚定的希望。

不肯绝望，也不敢奢望
□ 董 桥

米尔本太太是英国乡下的一位家庭主妇。第二次世界大战期间，她的儿子艾伦入伍到前线参战，她和丈夫杰克留在家里，苦苦等候儿子从前线寄回来的家书。米尔本太太从儿子入伍的那天开始写日记，天天写，希望写到战争结束儿子回家的那天。有一次，艾伦好久没有音讯，前方传来的消息说，他所在的那支部队被德军歼灭了，大概凶多吉少。米尔本太太跟丈夫杰克不肯绝望，也不敢奢望。直到有一天——

米尔本太太在日记里写道："七月十六日星期二……大约五点三十分，我拖着沉重的步伐带着小狗到田野散步，突然听到杰克在叫我。'不会是关于艾伦的电报吧！'我不敢往下想。'国防部来电话说收到一份电报：艾伦现在是德军的战俘。'他说。谢谢天！我们紧紧抱在一起，欣喜之情不可名状。他到底还活着，没有战死……"

甄语录 消除内耗的最好方式是立即行动，少想多做。

消除内耗
□ 尚九华

内耗的人，典型特征是做事瞻前顾后，前怕狼后怕虎，自己跟自己纠缠。

人的顾虑一旦多了，行动就会变得迟缓。习惯内耗的人，很多精力都耗费在想上。拿锻炼来说，内耗的人首先想，怎么锻炼才是科学有效的，要不要买适合锻炼的服装和鞋子，如果出差锻炼不了怎么办等一系列问题；而不内耗的人，认准了要锻炼就迅速去执行，风雨无阻，根本不会把时间和精力浪费在思前想后上。

"思想上的巨人，行动上的侏儒"指的是口头上说得头头是道，但就是不去行动的人。没有行动，就难有改观和进步，没有改观和进步又反过来让人产生迷茫和怀疑，迷茫和怀疑一旦产生，内耗就又不可避免地开始了。

因此，消除内耗的最好方式是立即行动，少想多做。

甄语录 每个人都应该有一个闲适的心灵院落，让我们进院看花、开门见树，让鸟声入梦。

满　了

□湘　人

一个富商让一位名画家给他画一幅荷花，画家画了一杆荷，其余都是粼粼水纹，索银十两。

富商心疼银子，央求他多画一点儿，画家二话不说，就加了一些荷叶，退给富商二两银子。富商高兴了，让画家再加几枝花，画家仍未拒绝，添了三枝，退银三两。富商乐坏了，说："您真是太好了，有求必应！您给我再添几片叶子吧！"画家把剩下的银子全部退给他，将砚池里的墨汁一股脑儿泼到纸上，说："拿去吧，已经满了！"富商懊恼而归。

生活如艺术一般需要留白，那些看起来无用的"虚"，就是留白，如栽花种树，如水边垂钓，如月下独酌……这些"虚"，让"实"成了图画；这些"无"，让"有"意蕴悠悠。

那种被世俗和欲望填得满满的、密不透风的生活，会让人觉得喘不过气来。我们每个人都应该有一个诗歌、戏曲、散文式的心灵院落，以缓解世俗巨大的冲撞，以抵御市声喧腾的侵蚀，以营造一片心灵的栖息地，让我们进院看花、开门见树，让鸟声入梦，让明月半墙，让我们的生活越来越精彩，越来越美好。

甄语录 事物一旦放远去看，我们看到的是主流，而不是细枝末节。

包容心与乐观心

□明　月

站在高楼上看地面，看到的全是美景，但当下到一楼再看地面，会看到脏物和垃圾。

这说明，美是有缺陷的，再美的事物，凑近去看，放大去看，都会看到美中不足。所以，对美，我们要有包容心。

若把看地面的顺序反过来，先站在一楼看，再站在高楼层看，在一楼看到的脏物和垃圾，到了高楼层去看却看不到了，满眼是美景。

这说明，地面上脏物和垃圾毕竟是少的，是细枝末节，美景才是主流，因为事物一旦放远去看，我们看到的是主流，而不是细枝末节。这也说明了，我们生活的这个世界，美的东西多，丑的东西少。所以，对美，我们要有乐观心。

> **甄语录** 一条大河的边上，光阴如一湾碧绿春水，故人已去，我们总在河流边怀念。

一条大河的清明

□王太生

　　一条大河的清明，是在河上和它四边的风景里开始的。

　　春天的水边，一只大鸟在大河的上空飞翔，发出激越的嗥鸣，它俯瞰人世，背负青天。这是中国北方的一条河，河床不算宽阔，但水量丰富，河上舟楫往来，两岸商铺林立。我睁大眼睛，看宋朝的这条河流。清明时节，人们踏青赏春，这样的光阴景致，正是一幅《清明上河图》。

　　一条河和一座城，在东方鱼肚白中醒来。醒来的河，在天光云影之中扩散着涟漪。流水播送水香，直逼柳岸，人渺如蚁，洒落在河的两岸街衢。少年春衫薄，四处走动，真的如《东京梦华录》里所说，"四野如市，往往就芳树之下，或园囿之间，罗列杯盘，互相劝酬。都城之歌儿舞女，遍满园亭。抵暮而归，各携枣糊、炊饼、黄胖、掉刀、名花、异果、山亭、戏具、鸭卵、鸡雏，谓之门外土仪。轿子即以杨柳杂花装簇顶上，四垂遮映。自此三日，皆出城上坟。"手搭凉棚，远远地望去，见一支上坟扫墓兼踏青春游的队伍正缓缓归来。

　　北方的河流，风清气正；而南方的河流，梨花如雪。南方也有一条大河，在江南温柔的风景里。扫墓踏青，人们倦了、累了，会寻一条船，踩踩脚上的春泥，坐在船上品几道小菜。《扬州画舫录》里说，清明前后，主人带家厨出绿杨城廓踏青。瘦西湖上，"画舫在前，酒船在后，橹篙相应，放乎中流。传餐有声，炊烟渐上……谓之行庖。"

　　叶圣陶回苏州上坟时，对船上的小菜甚是欢喜："船家做的菜是菜馆比不上的，特称'船菜'。正式的船菜花样繁多，菜以外还有种种点心，一顿吃不完。非正式地做几样也还是精，船家训练有素，出手总不脱船菜的风格。"说白了，是小锅土灶，船家只准备一桌，食材货真价实，绝对新鲜。做菜的汤，恐怕还是直接取河中心的活水，舀入锅中。

　　苏州多水，这些都是水边的清明盛宴。在清明扫墓的人群中，走来《浮生六记》中的芸娘。这个聪慧的女人看到地上的乱石有苔藓纹理，斑驳好看，如获至宝，指着石头说："以此叠盆山，较宣州白石为古致。"

　　梨花风起正清明。每年这个时候，我都格外怀念我的外婆。我从小是被外婆带大的。那时候，外婆总对我说，要不是家里

"失贼",金戒指、金手镯还有好几副呢。原来,外婆在工厂上班时,有一天下班回家,发现大门敞着,锁被人撬了,家里"失贼"了,外婆说她手上也就没什么值钱的东西了。"后来,有了你,我就不上班了,回家带外孙喽。"

外婆过世后,葬在她侄女所在的乡下,一条大河边的高岸上。外公在世时曾带我去过一次,既是祭拜,也是为自己百年后选择墓地。他也看中了这块水草袅袅的高岸河坡。外祖父说,这地方好,面朝大河,斜对面是个三岔河湾,有船过来,摇橹的人在船上一仰一合,似在遥遥低头弯腰作揖。一俯一揖之间,船走远了。

每个人的身边都有一条大河。在我眼中,它长达数十千米,连通四周,水量充沛,有开阔的河床和陡坡,有舟来船往、两岸人烟鸡犬相闻的碧水河道。

一条大河的边上,光阴如一湾碧绿春水,故人已去,我们总在河流边怀念。

甄语录 幸福的关键不在钱袋里,而在脑袋里。

不妨错过

□黄征宇

在硅谷,很多成功人士都会说一个词——FOMO,即fear of missing out(害怕错过)。越成功的人就越在意FOMO,他们担心如果不能随时随地掌握这个世界最新动态的话,就会错过机会。

但是,斯坦福大学的教授们提出了一个很好的问题:"你看了那么多的新闻,其中有多少真正对你产生了影响?掌握了那么多信息以后,我们做出的判断真的比以前更正确吗?"恐怕并不是。绝大多数时候,大多数人仍然依靠直觉或习惯去做决定。

斯坦福大学的教授们给出的建议就是:"新闻并不需要看很多,挑选你最需要的关键信息即可,因为绝大多数信息跟你的生活关系很小。"在大量阅读跟你生活关联度不大但冲击力很大的新闻——例如某地发生恐怖袭击之后,人的负面情绪和焦虑感都会加剧。

教授们说,必须在大脑外设立一道防火墙,同时不断为大脑补充养分,这样才能从根本上抑制焦虑,让人变得更专注,更有效率,更有幸福感。

但我的观察是,在机场、地铁、餐厅等公共场所,很多家长和孩子手里拿的往往不是书,而是手机或平板电脑,而且通常是各看各的,并不交流。

为什么赚了不少钱,进入了中等收入行列,人们却不快乐?

答案很简单:因为幸福的关键不在钱袋里,而在脑袋里。

甄语录 要像麻雀一样活着，像野草一样活着，平凡而坚韧，并使大地充满生机。

像麻雀一样活着

□ 项丽敏

书房墙角就有个麻雀窝。

每次出门，在楼道口总会遇见两只麻雀，当我看它们的时候，它们也抬起脑袋看看我，一只蹦几步，另一只紧跟着蹦几步；一只飞到树枝上，另一只随后飞过去。很明显，这两只麻雀是一对儿。

两只麻雀在一起也时常会聊天，你一句我一句，煞有介事，有时还会凑到对方耳朵边上聊，像是讲什么不方便让别人听到的话。

这两只麻雀也时常会飞到我窗口，下雨天飞过来避雨，大热天飞过来乘凉，还会发出"嚕、嚕、嚕"的声音，像是在啄食着什么，啄了几下后，又把喙在窗栏上来回摩擦，如同吃完大餐的人用餐巾擦嘴。

记得是四月，有天在阳台坐着，见一只麻雀飞过来，落在阳台外的晒衣架上，嘴里衔着羽毛。

衔着羽毛的麻雀看了我一眼，急匆匆飞走。片刻，又飞来一只麻雀，经过阳台，嘴里还是衔着羽毛。也不知它是不是之前那只麻雀。

总之，那天从我眼前飞过的麻雀，嘴里大多衔着羽毛。

麻雀是从哪里找到羽毛的？作为筑巢材料，羽毛既高级又稀有，尤其这个季节，还没到鸟儿的换羽期，在地上捡羽毛可不比捡钱容易。莫非麻雀发现了一只废弃的羽绒枕头，从枕头里获得了需要的巢材？

过了一天，揭开谜底——哪有什么废弃的羽绒枕头，麻雀嘴里衔的羽毛，是生生从斑鸠背上拔来的。

如果不是亲眼见到这一幕，很难相信小小的麻雀有这么大胆子，要知道斑鸠的体格可是重量级，是麻雀的几倍。

被麻雀盯上并拔毛的，是在我卧室窗口抱窝的珠颈斑鸠。珠颈斑鸠全副心思都在孵蛋这件事上，没有留意静悄悄靠近的麻雀。麻雀跳起，落在斑鸠背上，不等珠颈斑鸠反应过来，麻雀嘴里已衔住一根廓羽，"嗖"地飞走。

珠颈斑鸠只是叫了一声，没有起身反抗，反而把身子趴得更低——相比失去羽毛，珠颈斑鸠更担心失去它的蛋。

麻雀这个小强盗，居然跟自己的老邻居来这一招。也是看着珠颈斑鸠老实厚道好欺负吧，换作暴脾气的黑卷尾，或者红嘴蓝鹊，麻雀定是不敢上前骚扰的。

吃饱了草籽的麻雀从地面飞起来，飞到电线上，一字排开，进入整理羽毛的环节。清晨露水重，麻雀的羽毛也被露水打湿，需要好好梳理一番，在太阳光里晾一晾。

麻雀做什么都会相互影响，一只有什么举动，边上的伙伴就跟着模仿起来，当十几只麻雀全在那里抖着羽毛，将脑袋扭来扭去，一会儿伸到圆滚滚的腹部，一会儿伸到翅膀底下，看起来就像是在做团体健身操，有一种仿佛被训练过的默契。

群体生活的特征之一就是提供彼此学习的机会，而模仿就是学习的方式，动物如此，人也如此。人类之所以聚族而居，除了安全的需要，也有相互学习传递经验的需要。不同物种生活在一起，毗邻而居，也会相互学习。

"像麻雀一样活着，在这热烈又荒芜的人世。"当我在这个清晨用相机拍摄下麻雀在地面啄食、在草茎上荡秋千、在电线上梳理羽毛，还有彼此亲密地以喙相触的瞬间，心里冒出这句话。

像麻雀一样活着，也像野草一样活着，平凡而坚韧，并使大地充满生机。

甄语录 平凡世界中最需要的不见得是英雄，而是那种真真切切、无负良知的人。

良知是什么颜色

□侯美玲

"良知"一词出自《孟子》："人之所不学而能者，其良能也；所不虑而知者，其良知也。"后来，王阳明继承孟子的良能良知学说，将其发展为良知之学，即良知与致良知。他认为，人的是非之心，无须思虑便可知道，无须学习便能具备，这就是良知。在王阳明看来，良知是天生的，是一个人对自己和外界良好的判断能力。

《舌华录》记载了这样一个故事：

一个学生跟着王阳明学习，第一次听到"良知"一词时感到不解，突然站起来提问："'良知'是什么东西，黑色的还是白色的？"在座的其他弟子被这个提问逗乐了，大笑不止。面对众人的耻笑，提问的学生感到惭愧，脸色不由自主地变红了。王阳明见状，一字一句地回答："'良知'非白非黑，其色正赤。"

良知不是白色的也不是黑色的，它的颜色是红色，是被众人耻笑时脸上显露的颜色，是发自内心、自然而然生出的颜色。这就是王阳明的答案。

成长也需要断舍离

甄语录 走出抱怨者的泥潭，以解决者的姿态面对生活，一切困难的解决方法都会变得有迹可循。

如何送走你，我的焦虑

□Misake阿凌

我已经焦虑得什么都做不下去了。历史思维导图画了几笔，便搁在桌子上；脏衣服泡在盆里很久，那层浅浅的水也快干涸了；半跪在床上努力叠了10分钟被子，还是折不出宿管阿姨想要的棱角……暴躁的怒意升腾起来，维系情绪平衡的弦仿佛崩断了，我再也抑制不住，扑进被子里哭成一团。

舍友艰难地把我拽起来，塞给我一支笔："不开心，就写吧！"我挣扎着写了几行字，反复多次，直到形成下面这些文字……

一

新高考I卷，数学考场，交卷前三分钟，焦虑了一整场考试的我忽然发现，之前百思不解的一道概率统计大题有了思路。然而，越急心越慌，铃声无情地响起，我终究没能写完。

卷子被收走的那一刻，我的心狂跳着，身体止不住打战。我试图安慰自己：只是一道题而已，没关系的，别受影响，准备好接下来的考试。可喘不过气来的感觉还是出卖了我——懊恼、沮丧、害怕、绝望，让我像冻住般不知所措。

高考的最终结果可想而知。复读？那就复读吧。

复读入学的第一晚，我久久难以入眠。宿舍的床板太硬，硌得我辗转反侧，又因为在上铺，动作一大会嘎吱作响，所以我只能以极慢的速度艰难地挪动着身体。我困倦至极，可每当昏昏欲睡之时，又会猛地惊醒……折腾了大半夜，才终于在天亮前睡去。

万万没想到，这难熬的一夜，成了整个焦虑之旅的开始。

几天后，我的闹钟没电了。作为全宿舍唯一带闹钟的人，我担心大家集体迟到，于是频繁地睡去和醒来，焦虑情绪抵达顶点。凌晨5时，我彻底睡不着了，看着晨曦缓慢地透过窗帘，听着鼾声、磨牙声和含糊的梦话此起彼伏，疲惫与烦闷纠缠在一起，仿佛慢性毒药在我的身体里不断弥散，我用被子蒙住头，无声地抽泣起来。

除了失眠，更让我头痛的是宿舍内务。明明只是简单的几件事，我却像高考填志愿一般翻来覆去地检查个不停，生怕弄错一点儿。我们的床上用品是学校统一发的。8月末的天气，盖一条又厚又笨重的被子，还得每天叠得有棱有角，我苦不堪言，便让妈妈给我换了一条薄被。但宿管阿姨严厉地批评了我，并要求哪怕不盖也要摆得端端正正。

不合理的制度，加上睡不好的焦虑，让我变得愤愤不平。我不明白，纠结一床被子的摆放，究竟对分数和成长有什么好处？于是，仗着这股怒火，我找阿姨理论，却被阿姨一句话怼了回来："上级的命令，我有什么办法？"我无言以对，只能把怒火吞进肚子、憋入梦里。

梦里，我成了整栋楼的掌管者，趾高气扬地在走廊里巡视，朝每个宿舍指指点点，突然，一条又厚又重的被子朝我兜头扑来，将我紧紧裹住、绞缠……我仿佛听到尖厉的狞笑，吓得从梦中惊醒过来，才发现辗转反侧间将被子缠到了身上。一看手表，凌晨4点37分，我又睡不着了。

二

我们每周都有两小时的自由活动课，这次我们都在洗漱。舍友困困说："好奇怪啊，每天晚上都睡得特别累，总担心被子掉下去。"这句话引起了所有人的共鸣。在七嘴八舌的讨论中，我发现，原来每个人都在莫名焦虑着什么。珂珂是怕从上铺掉下去，酷酷是咳嗽两声就担心生病，KeyKey忧虑复读成绩还没有第一次好……其实，被子和人都有护栏挡着，咳嗽两声也不一定是感冒发烧的前兆——都是没必要担心，或担心了也毫无帮助的事。

也许，这就叫内耗吧。找到问题所在后，笼罩全身的那层焦虑之雾逐渐凝成一个点，这样就有的放矢了。

那天，我们集体走进了学校的心理咨询室。头发长长、笑容温暖的心理老师听完我们的倾诉，很认真地建议道："可以花点时间把自己所有的困惑和担心写下来，让它们可视化，然后互相讨论一下彼此担心的事是否真的会发生。"听上去是个好办法！我们彼此对视，暗暗点头。

那天之后，我们采取了手卡指导、两两互相提醒的方法来打扫内务；我在床单下垫了一层软垫，睡眠质量渐渐有了提高。一切都开始向好的方向发展。

现在想来，那段濒于崩溃的时光，虽然小烦恼接连不断，但其实并没有那么糟糕，就像心理老师说的那样："不要站在矛盾的两端，要站在矛盾之上。"

走出抱怨者的泥潭，以解决者的姿态面对生活，一切困难的解决方法都会变得有迹可循。

如何送走你，我的焦虑？我的方法是写下来，直面它，解决它。也许你有更好的方法，愿所有人都能成功"去焦"，然后潇洒地说一句："拜拜，我的焦虑！"

成长也需要断舍离

甄语录 不值得的人，不值得的事，不值得的物都试图抢走属于你的人生，你要做的，就是把原本属于你的人生，从这些不值得中抢回来。

不值得定律

口 小 风

心中无事自无事，心中有喜常欢喜。难得来人间一趟，自然是要好好地生活，何必为了一些小事给自己添堵呢？学会"不值得定律"，才可以在悠长岁月里活得轻松又自在。

有人说，人生中最重要的八个字，是"关你啥事"和"关我啥事"。这八个字，就能解决80%的烦恼。这听上去似乎是逞一时口快，但仔细想想，不正是这个道理吗？

庄子在《秋水》篇里讲过这样一句话："夏虫不可以语冰。"孔子也曾劝诫弟子，不要和春生秋死的蚂蚱谈论四季。和不同层次的人争辩，就是一种无谓的消耗。他从未去过你到过的地方，不知道你读过的书，不认识你遇见的人。隔着太多的障碍，沟通就是一场漫长的无用功。

你站在山巅，告诉他前面是一片海洋，他在半山腰，只能看到满目的荒凉。与其和他辩论，不如朝着大海前行。

很多人被生活击垮，并非因为多大的难题，而是一些非常琐碎的事。因为那些看似微不足道的小事，会无休止地消耗人的精力。

东汉末年，有个叫孟敏的人，买了一只陶罐，在路上不小心摔破了。孟敏连看也不看一眼，径自走了。路人觉得奇怪，过去问他："你的罐子打破了，怎么连看也不看一下呢？"孟敏回答说："罐子已经破了，看它又有什么用呢？"

对孟敏来说，停留下来懊悔一只罐子，也许会错过晚上歇脚的客栈，也许会无缘欣赏晚霞的华光，比起站在原地懊悔，不如立即启程，不将就，不回头。

这世上，所有的事情都是有成本的，你为不值得的事情浪费时间，必然会错过其他的美好。

《庄子》里有个叫士成绮的人，听到世人常常夸赞老子，于是跋山涉水，来拜访老子。看到老子其貌不扬，住的地方也乱七八糟，士成绮说："别人说你是圣人，我看是老鼠还差不多。"老子看了他一眼，低头继续读自己的书，完全不理他。士成绮只好走了。第二天，士成绮觉得自己太过分了，来找老子道歉。谁知道老子对他说："我如果有获得大道的实质,你骂我是猪、狗、老鼠又有什么关系?我还是我。"

你说什么,是你说什么,并不能影响我,也不能改变我。别人说两句就急得跳脚,多半是内心还不够笃定。内心丰盈的人,活在自己心里,而不是活在别人嘴里。

有句话是这样说的:"不知道从什么时候开始,在什么东西上面都有日期。秋刀鱼会过期,肉罐头会过期,连保鲜纸都会过期。"

多年前听不懂歌里那句"来年陌生的,是昨日最亲的某某",如今听懂已是曲中人。

有些人不必强留,有些关系也不必强求。要接受任何人的渐行渐远,也要接受任何人的分道扬镳。

不要再像个孩子似的,抓住了一样东西就不肯放下,只有"舍"得一些,才能得到更好的奖励。人生,就是一场"断舍离"。

不值得的人,不值得的事,不值得的物都试图抢走属于你的人生,你要做的,就是把原本属于你的人生,从这些不值得中抢回来。

余生很贵,别和不值得的纠缠。

甄语录 人只因对自然缺乏认识才成为不幸者。

秋天被一棵树占领了

□陈应松

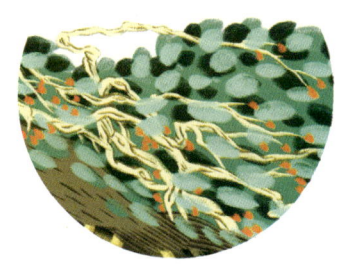

秋天被一棵树占领了。这棵千年天师栗,又名梭罗树,传说在月宫里才有此树,可神农架遍布着这种树。它的果实又叫猴板栗,是一味中药,又叫娑罗子,酷肖板栗,比板栗大。

我从三里荒带回的数颗果实,种在院子里,现在已是枝繁叶茂。在猴板栗成熟并坠落的时候,这棵千年天师栗就成了一树笼罩在村庄之上的巨大红焰,以朱砂的红,饱满的重彩,昼夜高擎,灼灼其华,映红三里、五里、十里之地,宛如整个村庄都着了火一般。这浪漫的野村和撩人的秋景,这夺目惊天之色,壮若如椽巨笔,惊天地,泣鬼神。让人晕眩的滚烫之地,在渐渐寒冷的山坳,作最后明艳的焚烧。

我不敢相信,叶子和果实,与树的生死诀别竟然如此盛大张扬。

成长也需要断舍离 甄选集

甄语录 每个人都能见到年夜饭桌上的父母，但又有几人能见到清晨六点的父母呢？只有将那些割据的"陌生时段"统一，亲情才会完整吧！

亲情的"陌生时段"

□ 姚文冬

八月底的一个清晨，天略微凉了，还飘着一层薄雾。因为起得早，脑子有点混沌，有种不知身在何处的梦幻感——才六点，我已赶到几十里外的老家。走进小院，竟感到"陌生"。父亲从湿漉漉的菜畦里抬起头，脸上也挂着"陌生"，张了张嘴，竟没发出声音。母亲从堂屋走出来，脸上也有一层"陌生"。当我把时令鲜货放在门口，父亲才说了句："这么早？！"

就像我乍一走进这个梦幻的清晨有些不适——我极少在这个时段回家；父母也有些茫然——他们，应该好多年没在清晨见过他们的儿子了。我们共同置身于一个"陌生时段"。

这些年，这种亲情缺席的"陌生时段"还少吗？

之后，我养成了常回老家看望父母的习惯，而且渐成规律——总在下午，日落之前；从不吃晚饭；放下东西、说几句话，便完成任务似的返城。这个时段，父母呈现的是等待状态——父亲要么在院中侍弄菜地，要么在摆弄扑克牌；母亲则盘膝坐着，像是专门在等我。我一进门，母亲一准会说："刚才还跟你爸说呢，今天你肯定回来。"仿佛她未卜先知。——其实，我回家的次数并不固定，有时一连几天都去，有时一周一次，最长会隔半月二十天，但总是这个时段。

偶尔，也在别的时段回去过，却极少见到这种等待状态——有次是上午去，门锁着；有次午后去，母亲正午睡，父亲不知去了哪里。

他们是因为我的习惯，养成了固守那个时段的习惯。若换成别的时段，我们相互"陌生"，就像这个清晨的临时起意。

虽然心里总记挂他们，但我感觉，回家已成机械的惯性，仿佛是去完成一项任务。对父母来说，他们最怕错过我回家——无论我几天一回，还是一个月一回，他们都尽量不在那个时段缺席。

因此，我发觉我对他们的爱有些变味，每次带回的礼物，更像是粉饰亲情的"道具"，这"道具"替代了亲情——有时，我本想回家，但因为没有合适的礼物而放弃。如此，我仿佛成了一个来去匆匆的"快递员",而他们则成了接收快递的人。

从二十岁离家,我久违了父母的日常。曾经熟悉的一切逐渐陌生。就拿这个秋日清晨来说,以前可是司空见惯的,我都是被母亲在厨房弄出的响动、父亲在院里的咳嗽声唤醒。如今却如梦如幻,成了一个"陌生时段"。除了日落前的那片刻时光,亲情,已被类似的大片的"陌生时段"占领。

看过一则新闻,一位正处在事业顶峰的男人,决定辞职回老家,他并非挣足了钱回去养老,也不是父母老得需要人伺候——老人们还很强壮呢。他就是想,用自己的余生去陪伴父母的余生,让自己的生活与父母的生活重合。

当时,觉得他有些矫情,只要能保障父母衣食无忧,又能常回家看看,有必要朝夕相处吗?现在似乎明白了,他一定是感觉到,他与父母之间的"陌生时段"越来越多,日常的亲情被排挤,精简到了只有如我那样的"快递式"表达。每个人都能见到年夜饭桌上的父母,但又有几人能见到清晨六点的父母呢?

只有将那些割据的"陌生时段"统一,亲情才会完整吧。

那天,我破例与父母共进早餐。母亲熬了暖胃的稀粥,佐餐的是韭菜炒鸡蛋、油炸花生,她问我还想吃啥,我说:"想吃豆腐,南街做豆腐的老王,还天天来门口叫卖吗?"母亲笑着说:"傻孩子,老王要是还活着,都一百多岁了。"

我鼻子一酸,却并非因为老王已经离世。

> **甄语录** 你是你自己生活的编剧和导演,为什么要写那么难演的剧本?

人生有很多姿势

□曹　林

网上有一句话,深刻概括了当下很多年轻人的焦虑:卷又卷不赢,躺又躺不平。很生动形象,心卷,但身体和意志又卷不动了;身躺,心又不平。我想到的是,人生可能有很多姿势,何必非要在"卷"和"躺"之中逼着自己做选择呢?为什么不可以蹲,不可以仰卧起坐,不可以俯卧撑,不可以留一半清醒留一半醉?

不是想灌心灵鸡汤,不是想用话语去麻醉,我想说的是,生活要有"修辞想象力",你是你自己生活的编剧和导演,为什么要写那么难演的剧本?无论环境多么失序,多少"不可描述",多少"无法预期",保持着自己的秩序,保持强大的自律习惯、学习状态和行动意志,对抗各种困难和压力对人的精神损伤。这种姿态不舒服,那就换一种,不要逼着自己选所谓的"标准答案"。

成长也需要断舍离

甄语录 当人有意识地追求一种慢的感觉，并能抓住手中滑过的时光绳索，心里肯定充盈着幸福的源泉。

慢，是一种修炼

□ 缪克构

捷克作家米兰·昆德拉有部长篇小说叫《慢》，里面写道："慢的乐趣怎么失传了呢？啊，古时候闲逛的人到哪儿去啦？民歌小调中的游手好闲的英雄，这些漫游各地磨坊、在露天过夜的流浪汉，都到哪儿去啦？他们随着乡间小道、草原、林间空地和大自然一起消失了吗？"

从布拉格到维也纳的旅途中，我在广袤的乡间悠游，想起米兰·昆德拉的这句话，不禁感慨。因为，我真切地体会到了一种慢啊。很少的牛群，更少的人，阳光一万丈长，缓慢地移动着草团的阴影……

现在的人，当然是难以找到慢生活的。整个世界在飞速旋转，慢的人和慢的生活已经被甩出了椭圆形的轨道。米兰·昆德拉有更精彩的话作答："速度是出神的形式，这是技术革命送给人的礼物。当人把速度性能托付给一台机器时，一切都变了：从这时候起，身体已置之度外，交给了一种无形的、非物质化的速度，纯粹的速度，实实在在的速度，令人出神的速度。"

实际上，我说的慢，或者说我要的慢，并不是速度，而是一种修炼吧。慢是一种逆向——在汹涌的人群向前奔走的时候，一个迎面走来的人，他的名字就叫慢。慢是一种停顿——在地铁呼啸而来的时候，一个还在椅子上安静地翻阅报纸，静待下一辆列车来临的人，他的名字就叫慢。慢是一种超脱——在进退荣辱面前，没有大喜大悲，没有狂热和过激的行为，表情自若，人情练达，名字就叫慢。慢还是一种清醒——在过多的赞同、奉承，在麻木的惯性、随大流中，缓缓说出你的担忧和反对，名字也叫慢。慢还是一种反思——在习以为常的循规蹈矩中，创新和改进，名字也叫慢。当然，慢还是一种拐弯、一种终止、一种死亡……

人生苦短。短就是快，一切来不及了。是感叹人生太短，而不是说苦难太短。换一种理解，人生的苦难如果很长，那就是一种慢。相聚的时光会过得很快，所以常说，幸福短暂。分别的日子很漫长，所以常说，一日不见，如隔三秋。抓住了快就是抓住了慢，如果，等一等灵魂，慢就是一种快。

诗人柏桦有这样的诗句："啊，前途、阅读、转身，一切都是慢的。"这是一种时光凝固的自觉的慢，参透了人生的变化和真谛。当人有意识地追求一种慢的感觉，并能抓住手中滑过的时光绳索，心里肯定充盈着幸福的源泉。疾矢不能射中他，流星也不能令他伤感，因为慢才是他内心的轨道，他会在慢的轨道上对轨。

甄语录 秉承事实，听从内心，敢于说"不"，是真正的勇者和智者应有的品格。

柴可夫斯基拒绝了托尔斯泰

□ 尚九华

1876年年底的一天，一位重量级嘉宾到访莫斯科音乐学院，他就是列夫·托尔斯泰。因为《战争与和平》，托尔斯泰是当时家喻户晓的文学家，地位崇高。俄国文学和艺术界中的许多人，都希望能结识他，如果还能得到他只言片语的认可，那就更好了。

托尔斯泰的到来，无疑成了莫斯科音乐学院的一件大事。为了表达敬意，音乐学院特意为托尔斯泰举办了一场音乐会，并让当时在音乐学院任教的柴可夫斯基作陪。

音乐会上，学院院长、知名钢琴家鲁宾斯坦和其他音乐家一起，为托尔斯泰弹奏起柴可夫斯基的《D大调第一弦乐四重奏》。当弹奏到第二乐章（根据乌克兰民歌《如歌的行板》改编）时，托尔斯泰被乐曲深深打动，泪流满面。他紧紧地握住坐在身边的柴可夫斯基的手。

托尔斯泰的眼泪，对当时的柴可夫斯基意义太大了。那时的柴可夫斯基还远没有后来的成就和名气，经常遭到各种打击，很多作品问世后，音乐同行和评论家的反应不仅是冷漠的，甚至故意贬低丑化。而他又是性格内向、不善与人打交道的人，因此，每次遭到否定和批评后，他都会痛苦不已，进而怀疑自我。

托尔斯泰的眼泪，让柴可夫斯基振奋不已，他在给妹妹萨莎的信中写道："我从未如此受宠，我对自己的创造能力又有了信心，我亲眼看见自己崇拜的偶像，泪水流到下颌上了！"

极度热爱文学的柴可夫斯基，极为崇拜托尔斯泰，曾将他的作品读了一遍又一遍，在读了《战争与和平》后，他对妹妹说，古往今来所有的作家中，托尔斯泰是最伟大的，只要有他，俄国人在听人讲述欧洲文学给人类做出的伟大贡献时，就不至于因害臊而低下头。

柴可夫斯基没料到的是，托尔斯泰回去后，给他写来一封亲笔信，信中说："我非常珍爱您的才华，您作的曲子，比我的文字更令人震撼，您无疑是艺术界的天才，音乐大师！"随后，托尔斯泰还把一些自己辛苦收集来的民歌送给柴可夫斯基，并拜托他改编成《如歌的行板》那样的"珍品"。按理说，对给予自己极大肯定和鼓励的偶像交代的事，应该马上答应并着手去做，以示亲近，但柴可夫斯基并没这样做，他在给托尔斯泰的回信中写道："抱歉，我看过了，这些民歌很一般，不适合改编。"

尊敬一个人，并不等于就要完全顺从和迎合他。秉承事实，敢于说"不"，是真正的勇者和智者应具有的品格。

成长也需要断舍离 甄选集

甄语录 减轻长辈痛苦的最佳良药，莫过于常回家看看。

送 别

□ 刘依含

对于外婆来说，送别是一件天大的事情，其重要程度远超过相见。每次年后，我们准备返程回家，外婆都会提前准备好一长条清单，并且提前两天为我们置备行李。哈尔滨红肠、自制水果罐头、燕窝、酸菜、土豆……小时候，总觉得如果有足够大的袋子，外婆定会把她的家也装到袋子里，让儿女和孙子们带到他乡去。

我们每次返程，外婆的神情和气色都不是很好。即使我们的行李已经被她检查了无数遍，即使知道我们大概率会平安到家，可外婆每次都会比我们早起半小时再检查一下我们有没有落下重要物品，每次临近火车站也都会嘱咐无数次的"注意安全"。

外婆曾说，她接受不了我们同一时间回家，说家里一下子冷清下来她不习惯。于是，我们每年都是分批回家。外婆的三个子女中大舅是最有出息、听话懂事的，所以外婆最疼爱大舅，每次都要求将大舅留在最后一个。大舅每次回家都会带着满满几箱特产，承受比我们更多"爱的负担"。今年，外婆说我们每走一个她就要伤心一次，索性要我们一同回家。那天，外婆将我们一同送到火车站，我们谁也不说话，生怕把话题扯到"难舍难分"层面，外婆又要流眼泪。小时候不懂太多这世间的温情，只觉得好久都吃不到外婆的红烧肉就十分不舍得离开。长大后，我开始变得十分感性，知道外婆疼爱我，每次分别对我来说都是巨大的痛苦。

在火车上，我收到了外婆在微信群里发的消息："我们老两口平时习惯了安静，你们一回来家里就热闹，一走家里又回归了冷清。每次我们欢喜几天，又要冷清一段日子，还不如从来就不回来，我们也省得折腾。"过了一会儿外婆又在群里说："你们一块走我受不了，下次还是分拨走吧。"望向车窗只能看见倒退的风景，我跟母亲都泣不成声。

送别会有一种最好的方式吗？或许没有。减轻长辈痛苦的最佳良药莫过于常回家看看。

甄语录 愚者千虑，必有一得。凡事不忘，终有回响。

唐诗中的"最后一片叶子"

□ 卞毓方

唐人崔信明有一句断诗"枫落吴江冷"，被我无意中记住了。我觉得这是他的荣幸，因为周围没人听说过他的名字，更不用说他的这句残诗。这也是我的荣幸，因为我不仅记住了他的这一句，对，仅仅以一句入选《全唐诗》的"孤芳"，而且牢牢记住了与之相关的一段诗坛逸事。

崔信明出身名门，宦途平平，在隋末唐初做过两地县令，唯以诗才自傲，目高于顶。一天，他行舟江上，巧遇另一艘客船，上面坐的是同样出身名门、同样自命不凡的诗家——扬州录事参军郑世翼。郑世翼客气地招呼："久闻你的名句'枫落吴江冷'，却从未见过全篇，今日得便，能让我欣赏欣赏吗？"崔信明闻言大喜，感觉如俞伯牙碰上了钟子期，除了对方点名要的，还把身边历年积存的一百多篇诗稿，统统恭恭敬敬地奉上。郑世翼接过，先看索要的那首，摇头，大失所望，再看余稿，略翻一翻，撇了撇嘴，不屑地说："真是见面不如闻名啊！"随手一甩，竟把那沓诗稿扔进江水，然后乘船扬长而去。崔信明眼见自己平生心血都付诸流水，欲救无策，欲哭无泪，只能徒呼奈何。

但一句"枫落吴江冷"，却因这个典故，在《全唐诗》中保存下来，成了崔信明诗歌大树中的"最后一片叶子"，顽强地绿到今天。而郑世翼也因为那狂傲的、悖乎人情的一甩，跃升为唐诗中那"最后一片叶子"的"画师"，借以留名后世。